D1730715

Käthe Wenzel / Manfred Blohm (Hrsg.)

HalfLife

fabrico® verlag

Käthe Wenzel / Manfred Blohm (Hrsg.)

HalfLife

Maschinen/Organismen – künstlerische Positionen
in Zeiten von Klimawandel und Artensterben

Machines/Organisms – Artistic Positions
in Times of Climate Change and Extinction

Inhalt
content

Half Life

Käthe Wenzel / Manfred Blohm

1997 ließ sich Edoardo Kac als erster Mensch in einer radikalen Geste einen Elektro-Chip implantieren[1]. Seine Aktion erregte massive öffentliche Aufmerksamkeit und wurde von Channel 21 live übertragen – zwanzig Jahre später könnte er damit kaum noch eine Diskussion lostreten. Inzwischen ist das Verfahren für Haustiere gang und gäbe und ruft auch bei Menschen kaum noch Befremden hervor, wenn es mit Begriffen wie fühlende Prothesen, Neuroimplantaten und Neuroenhancement verbunden ist. Unter dem Stichwort Posthumanismus ist die Hybridisierung der Körper auf dem Weg zur Normalität, und die öffentliche Diskussion hat sich von dystopisch-utopischen Grundsatzfragen weitestgehend auf die Felder juristischer Problemstellungen und Berichterstattung aus den Bio-Wissenschaften verschoben[2].

1984 schlug Donna Haraway mit ihrem „Manifesto for Cyborgs"[3] vor, die Grenzen zwischen Mensch, Tier und Maschine als durchlässig anzuerkennen und darauf aufbauend ein Denken zu entwickeln, das Dychotomien wie Natur/Kultur, Ohnmacht/Kontrolle, die seit dem 18. Jahrhundert die Vorstellung von Maschinen, aber auch von Körpern durchziehen und ihre katastrophalen Konsequenzen hinter sich zu lassen mit dem Ziel, zu einem herrschaftsfreien und konstruktiven Verständnis von, und Umgang mit Welt zu gelangen.

Weniger utopisch als Haraway, stellten in den 80er und 90er Jahren Cyber-Punk-Werke wie William Gibsons Neuromancer (1984) oder Ridley Scotts Blade Runner (1982) düstere Szenarien digitalisierter und bio-technisierter Gesellschaften zur Diskussion. Heute lesen sie sich in Einzelheiten fast nostalgisch: unterschiedliche Maschinen für das Verfassen von Text und zum Abspielen von Sound? Elektrogeräte von Blaupunkt? Die Vororte von Tokyo als futuristischer Neonwald?

Anderes, was als Speculative Fiction entworfen wurde, scheint in abgewandelter Form alltäglich geworden zu sein: Das Schwinden des städtischen Raums und die Verlagerung weiter Teile des öffentlichen Lebens und sozialer Interaktion in den virtuellen Raum bis hin zu avatar-haften Existenzen im Netz; die Integration von Zellstrukturen in Computer-Hardware; die Erweiterung der körperlichen Grenzen und der Sinneswahrnehmung durch Neuroimplantate oder die transhumanistische Forschung an der Überwindung des Alterns, gesponsert von Googles „Unsterblichkeitsprojekt" Calico[5].

Selbst massive Umweltprobleme wie das Bienensterben sollen durch mechanische Ersatz-Bienen gelöst werden, die die Bestäubung übernehmen[6]. Sollte das biotechnologische Heilsversprechen möglicherweise tatsächlich erfüllbar sein? Wenigstens für diejenigen, die es sich leisten können?

Aber wie hat sich die künstlerische Reflexion über die Durchlässigkeiten zwischen Lebewesen und Mechanik entwickelt? Wie werden die Entwicklungen reflektiert, welche künstlerischen Entwürfe und Gegenentwürfe stehen jetzt zur Debatte?

Half Life

Käthe Wenzel / Manfred Blohm

In 1997 Edoardo Kac, in a radical artistic gesture, was the first human to be implanted with an electronic chip[1]. His act attracted widespread public attention and was broadcasted live on Channel 21. Twenty years later, the same action would hardly be noticed. By now, this kind of implant is standard procedure for domestic animals and causes little or no concern when mentioned in connection with feeling prosthesis, neuro implants and neuroenhancement. in times of posthumanism, the hybridization of living organisms is slowly becoming part of everyday life, and public discussion has largely moved away from fundamental dystopian-utopian discussion towards legal questions and reporting from the life sciences[2].

In 1984, Donna Haraway suggested in her " Manifesto for Cyborgs"[3] that we accept the fluidity of the boundaries between what was thought of as human, animal, or machine, and develop new modes of thinking that do away with dichotomies such as nature/culture, control/lack of control that have permeated our ideas about machines and bodies since the 18th century, and their catstrophic consequences, in order to arrive at a non-hierarchical, constructive understanding of the world.

Less utopian than Haraway, milestones of Cyber Punk such as William Gibson's Neuromancer (1984) or Ridley Scott's Blade Runner (1982) developed dark scenarios of digitalized and bio-technologised societies. Today, some of the details feel actually nostalgic: Separate machines to produce texts or to to play sounds on? Electronics made by Blaupunkt? The suburbs of Tokyo as futuristic neon woods?

Other thoght experiments of speculative fiction seem to have also become part of everyday life: large parts of public life and social interaction are played out in virtual space, such that entire work and social existences take place mostly on the Internet; organic cell structures are integrated into computer hardware; physical and sensory limitations are extended via neuro implants; transhumanistic research aims at the abolition of aging, sponsored by Google's "immortality project", Calico[5].

Even global problems such as Colony Collapse Disorder can supposedly be solved by mechanical ersatz bees with the ability to pollinate.[6] Might biotechnology's promises of salvation actually become true? At least for those who can afford them?

But what about artistic views onto the fluidity of biological organism/machine boundaries now? How do contemporary artistic positions reflect these developments, and what kind of artistic ideas and alternative designs are now up for debate?

What perspectives do they offer on the frightening prospect of an ongoing loss of species, of the huge loss of land expected from rising sea levels and the resulting mass migration and ecological and societal changes?

Since the 1980s, the idea and the fact of partly mechanized bodies has become commonplace.

Wie werden sie in Perspektive gesetzt zu den beängstigenden Aussichten auf den bereits stattfindenden massenhaften Verlust der Arten, auf das zu erwartende Verschwinden ganzer Landstriche durch die Folgen des Klimawandels mit ihren daraus resultierenden Wanderungsbewegungen und auf die ökologischen und gesellschaftlichen Umwälzungen?

Seit den 80er Jahren ist nicht nur die Vorstellung einer Teil-Maschinisierung der Körper alltäglich geworden. Es hat eine umfassende Maschinisierung des sozialen Lebens und gesellschaftlicher Auseinandersetzungen stattgefunden, und die Fragmentarisierung der öffentlichen Diskussion scheint in einem Scherbenhaufen von „fake news" und „gefühlten Fakten" zu enden. Ganze Teilbereiche des sozialen Lebens haben sich ins Internet verlagert, unter anderem ein Großteil der Partnersuche. Damit stellt sich auch die Frage, wie viel soziale Arbeit inzwischen an Maschinen delegiert wird und noch werden kann, was eigentlich de facto an diesen Stellen mechanisiert, und welche Art von Arbeit hier geleistet wird?

Die Maschinen in unserem Alltag verselbständigen sich durch immer komplexere Funktionen und Programmierungen, bis sie für den außenstehenden Bio-Menschen eine eigene, hermetische Existenz zu gewinnen scheinen. Während die Grenzen zwischen Körpern und Mechanik im alltäglichen Leben durchlässig werden, schwindet die Durchschaubarkeit mechanischer und maschineller Prozesse und öffnet den Raum für Fantasien über autonome maschinelle Parallelwelten, die in Kunst und Unterhaltungsmedien thematisiert werden.

Gleichzeitig entstehen aus der Beschleunigung von technologischer Neuerung und Konsum fortwährend obsolete Maschinen. Die Lebenszeit von Maschinen läuft ab, oder ihre Nutzung ändert sich. Was passiert mit Maschinen, wenn sie ihr Versprechen auf ein besseres Leben nicht einhalten und ganze Produktionsanlagen und maschinelle Produktionsformen, technisch überholt, zum Erliegen kommen?

Der Vielzahl von Fachartikeln und Sammelbänden zu den gesellschaftlichen Konsequenzen dieser biotechnologischen Entwicklungen im weitesten Sinn, wollen wir ein präzise zusammengesetztes Kaleidoskop künstlerischer Arbeiten und Artist's Statements entgegenstellen.

Diese gebündelten künstlerischen Perspektiven auf biotechnologische Heilsversprechen und die Verschmelzung von biologischen Körpern und Technologie, konzentrieren sich auf fünf Aspekte:

» **Service:** Maschinen, die soziale und emotionale (Dienst)-Leistungen übernehmen – mechanische Helfer, soziale Krücken und Stellvertreterinnen;

» **Ersatz:** Maschinen-Umgebungen und künstliche Organismen. Künstlerische Reaktionen auf das Versprechen von „Heilung" für die sich abzeichnenden Verluste an Artenvielfalt und Lebensräumen;

» **Utopie:** Prothesen, Utopische Instrumente und Ersatzkörper. Die künstlerische Auseinandersetzung mit biotechnologischen Erweiterungen der Wahrnehmung und der Sinne und die Überwindung körperlicher Grenzen;

Large parts of social life and debate have become mechanized and the social discourse currently seems to be reduced to a fragmented heap of "fake news" and "emotional truths". Entire sections of social life have been transferred to the internet, among others the search for romantic partnership. So the question is, how much social work are we delegating to machines, and how much can be delegated? What exactly is actually being mechanized here, and what kind of work is being done by machines?

Machines in everyday life continue to become more and more independent, controlled by increasingly complex programming, until they seem to exist independently, impenetrable to the by-standing bio-human. While the boundaries between organisms and mechanics are becoming permeable, mechanical and machine processes become hermetic, spawning fantasies about autonomous parallel worlds which are taken up by the entertainment media and the arts.

At the same time the increasing speed of technological development and consumption results in the continuous production of obsolete machines and electronic trash. Machines and appliances outlast their predetermined lifespans, they get recycled or adapted to other purposes. What happens to machines that cannot fulfil their promise of a better life, while entire production facilities and forms of mechanized production come to a standstill, outdated by technical developments?

Into the large scholarship on the societal consequences of biotechnical developments, we want to introduce a precise kaleidoscope of artistic positions and artist's statements on bio technological machines in times of climate change and mass extinction. These concentrated artistic perspectives on biotechnical promises of salvation and the merging of biological bodies and technology cluster around five main themes:

» **Service:** Machines that provide social and emotional services – mechanical helpmates, social crutches, and proxies;

» **Ersatz:** Machine environments and artificial organisms. Artistic reactions to technological "promises of salvation and healing" for the ongoing mass extinction and the loss of land and spacs;

» **Utopia:** Prosthesis, utopian Instruments and substitute bodies. The artistic discussion of biotechnical sensory enhancement and the extension of physical boundaries;

» **Connection:** Mediator machines and trans-species communication. Experiments about contact between species, machines as mediators and translators, attempts at bridging gaps between humans and animals/plants/machines

» **Autonomous and obsolete machines, past cultures of machines:** Mechanical objects leading artistically engineered lives of their own, following their own rhythms of time,

» **Verbindung:** Vermittlungsmaschinen und Kommunikation zwischen den Spezies; Expermente zur Verständigung zwischen den Arten, Maschinen als Mittlerinnen und Dolmetscherinnen, Versuche zur Überbrückung der Trennung von Mensch-Tier/Pflanze-Maschine.

» **Autonome und obsolete Maschinen, vergangene Maschinenkulturen:** Mechanische Objekte, die ein künstlerisch konzipiertes Eigenleben führen, einem eigenen Zeitrhythmus folgen, oder in ihrem eigenen Kosmos existieren, der scheinbar ohne menschliches Leben auskommt; Maschinen, die den Nutzen verloren oder von vornherein keinen besessen haben.

Dabei geht es nicht um eine Konzentration auf Bio Art, also auf Kunst, die lebende Organismen oder Kulturen einbezieht, oder um apparative Kunst, oder um irgendeinen anderen spezifischen Ansatz. Vielmehr geht es darum , verschiedene künstlerische Konzepte und Herangehensweisen einander gegenüberzustellen, und das unterschiedliche Wissen, das sie zum spezifischen Thema der Überschneidungen von Mechanik und Körpern (sozialen, menschlichen, tierischen, fluiden) generieren können, miteinander zu konfrontieren.

Diese Diversität der Herangehensweisen spiegelt sich in der Vielfalt der Textformen. Es ist Teil des Konzepts, dass die Künstlerinnen und Künstler in ihrer Arbeit, in ihren eigenen Formulierungen und ihrer eigenen Textform zu Wort kommen – dass also die vorliegende Publikation als Sammlung funktioniert: Als Sammlung von Stimmen, von Sicht- und Arbeitsweisen – und als Sammlung von Ausblicken.

1 Edoardo Kac: Time Capsule, 1997. Live im brasilianischen Fernsehen auf TV Bandeirantes, Channel 21, um 9:30 Ortszeit São Paulo (6:30 PM US EST). http://www.ekac.org/timec.html

2 Thomas Stieglitz: Neuroimplantate. In: Mensch, Maschine, Visionen. Wie Biologie und Technik verschmelzen. Spektrum der Wissenschaft Spezial, 2, 2015. S. 6-14; Anneke Meyer: Alles im Griff. Ebd., S.28-34.

3 Donna Haraway: Manifesto for Cyborgs: Science, Technology, and Socialist Feminism in the 1980s. In: Socialist Review, 80/1985, S. 65-108. Ausführlicher diksutiert in: Zoe Smith: Technological Bodies: Feminist Cyborg Constructions. In: Convergence: The Journal into New Media Technologies 3/1997. S. 36-42.

4 Das mechanistische Weltbild des 18. Jahrhunderts, Automaten etc. in Bezug auf künstlerische Positionen speziell der Bio-Art diskutiert Ingeborg Reichle: Art in the Age of Technoscience. Genetic Engineering, Robotics, and Artificial Life in Contemporary Art. Wien, New York 2009. S. 146 ff.

5 Burkhard Schäfers: Wie Google & Co das Leben verlängern wollen. In: Tag für Tag. Deutschlandfunk 19.05. 2016 9:35 Uhr. Im Hörarchiv abrufbar unter http://www.deutschlandfunk.de/biotechnologie-wie-google-co-das-leben-verlaengern-wollen.886.de.html?dram:article_id=354421

6 Patrick Beuth: Drohnen für den Blümchensex. In: Die Zeit online, 17.2. 2017. http://www.zeit.de/digital/mobil/2017-02/bienensterben-drohne-blueten-bestaeuben

or existing in a cosmos of their own, apparently independently of human life; machines that lost their usefulness or never had a use to begin with.

This is not a publication on bio art, i.e. on art that integrates living organisms or cell cultures, or on apparative art, nor does it focus on any specific concept. Our aim instead is to bring together various artistic concepts and methods so that we may confront the different kinds of knowledge they can generate, and recognize the light they can throw onto the specific topic of crossovers between bodies (social, human, animal fluid) and mechanics.

This intentional diversity of artistic approaches is reflected in the diversity of the texts. It is part of our concept to have the artists speak in their work, in their words, and in their own kind of text, making this publication a collection: a collection of voices and viewpoints, of methods and perspectives.

1 Edoardo Kac: Time Capsule, 1997. Live on Brazilian televison via TV Bandeirantes, channel 21, at 9:30 PM São Paulo time (6:30 PM US EST). http://www.ekac.org/timec.html

2 Thomas Stieglitz: Neuroimplantate. In: Mensch, Maschine, Visionen. Wie Biologie und Technik verschmelzen. Spektrum der Wissenschaft Spezial, 2, 2015. pp. 6-14; Anneke Meyer: Alles im Griff. Ibid., pp. 28-34.

3 Donna Haraway: Manifesto for Cyborgs: Science, Technology, and Socialist Feminism in the 1980s. In: Socialist Review, 80/1985, pp. 65-108. Discussed ore at length in: Zoe Smith: Technological Bodies: Feminist Cyborg Constructions. In: Convergence: The Journal into New Media Technologies 3/1997, pp. 36-42.

4 18th century mechanistic ideas, automata in relation to artistic positions specifically on bio art are discussed by Ingeborg Reichle: Art in the Age of Technoscience. Genetic Engineering, Robotics, and Artificial Life in Contemporary Art. Wien, New York 2009, pp. 146 ff.

5 Burkhard Schäfers: Wie Google & Co das Leben verlängern wollen. In: Tag für Tag. Deutschlandfunk 19.05. 2016 9:35 Uhr. Can be accessed in the audio archive via http://www.deutschlandfunk.de/biotechnologie-wie-google-co-das-leben-verlaengern-wollen.886.de.html?dram:article_id=354421

6 Patrick Beuth: Drohnen für den Blümchensex. In: Die Zeit online, 17.2. 2017. http://www.zeit.de/digital/mobil/2017-02/bienensterben-drohne-blueten-bestaeuben

Trans-, Post- und darüber hinaus.
Einige Reflexionen über Maschinen und das Biologische
Regine Rapp / Christian de Lutz

Kurzlebigkeit und Endlichkeit des Fortschritts

Unser Zeitalter ringt mit einer Ideologie des Fortschritts, der modernen Tradition einer fortwährenden, linearen Entwicklung von Technologie und Kultur – theoretisch auch von uns selbst. Im letzten halben Jahrhundert wurde der Glaube an Fortschritt durch Technologie zum Mantra, wenn nicht sogar zu einer Ideologie, die frühere Ideologien, für die er ein Werkzeug oder Ziel war, ersetzte. Fortschritt versteht sich als Versprechen für eine bessere Welt – ein säkulares ‚Paradies auf Erden' gleich um die Ecke. Was aber, wenn unsere anfälligen Körper mit immer größer werdenden Veränderungen nicht mehr mithalten können? Propheten wie der Informatiker, Autor und Erfinder Ray Kurzweil oder der Philosoph Nick Bostrom aus Oxford, bekannt für seine Arbeit über existenzielles Risiko, das anthropische Prinzip und die menschliche Verbesserungsethik, versprechen uns, dass wir Unsterblichkeit durch eine Kombination von medizinischem Fortschritt und einer Vereinigung mit intelligenten Maschinen finden können.

Ob Fortschritt wirklich einem immer weiter fortschreitenden linearen Weg folgt, ist fraglich. Diese Vorstellung von Linearität und fortwährender Verbesserung war sicherlich ein Kerngedanke der westlichen Aufklärung und der Moderne. Der englische Philosoph John Gray zeichnet diese Tradition und ihre Verbindung zum Transhumanismus von Henri de Saint Simon und Auguste Comte bis zum russischen Philosophen und Vater des Kosmismus, Nikolai Fjodorow, nach.[1] In seinem Buch „The Immortalization Commission" betont Gray Fjodorows Einfluss auf den technologischen Utopismus des Raketenwissenschaftspioniers Konstantin Zilkowski, der glaubte, dass sich Menschen „vom Tod im Weltraum befreien könnten."[2] Nach Gray mündete diese Verbindung von Technologie und Gnosis letztendlich in zwei Wunder: das sowjetische Raumfahrtprogramm und die Erhaltung von Lenins Leiche. Diese Tradition verbindet Gray später in seinem Buch mit den Ideen von Kurzweil.[3]

Doch könnte Fortschritt in Technologie und anderen Bereichen auch stärker segmentiert sein, eine Reihe von sich aneinander reihenden Assemblagen also? Betrachten wir einmal eine wichtige Technologie aus dem letzten Jahrhundert: die Luftfahrt. Vom ersten Flug der Gebrüder Wright im Jahr 1903 (mit 10.9 km/h) bis zur SR 71, die 61 Jahre später mit einer Geschwindigkeit von Mach 3.4 (4.198 km/h) flog, finden wir ein erstaunliches Beispiel für technologischen Fortschritt – von Propeller-Doppeldeckern zu Strahltriebwerken, die mit Überschallgeschwindigkeit flogen. Es ist nicht überraschend, dass zahlreiche Science Fiction- Schriftsteller Mitte des 20. Jahrhunderts Hochgeschwindigkeitsflugzeuge und sogar Raketen voraussagten, die Ende des 20. Jahrhunderts durch die Welt reisen würden. Stattdessen finden wir nur die Concorde, die von 1976-2003 transatlantische Flüge flog.[4] Jetzt fliegen alle kommerziellen Flüge im Unterschall-Bereich. Während die Luftfahrt, vor allem bei der Installation von Computer-Navigationssystemen, Fortschritte gemacht

Trans-, Post- and Beyond.
Some Reflections on Machines and the Biological
Regine Rapp / Christian de Lutz

Ephemerality and finiteness of progress

Our age grapples with an ideology of progress, a modern tradition of ongoing linear development of technology and culture, and theoretically ourselves, as time moves forward. In the last half century a faith in progress through technology has become a mantra, if not an ideology to replace previous ideologies for which it was a tool or goal. It is used to promise a better world – a secular 'paradise on earth' just around the corner. If our 'frail' bodies can not keep up with ever-increasing change, prophets like computer scientist, author and inventor Ray Kurzweil or Nick Bostrom, the Oxford based philosopher, known for his work on existential risk, the anthropic principle and human enhancement ethics, promise us that we can find immortality through a combination of medical progress and a sort of unification with intelligent machines.

Whether progress really follows an ever progressing linear path is questionable. This idea of linearity and continued improvement was certainly a core belief of the Western Enlightenment and Modernity. The English philosopher John Gray traces this tradition and its link to Transhumanism from Henri de Saint Simon and Auguste Comte to the Russian philosopher and the father of Cosmism, Nikolai Federov. In his book the Immortalization Commission, Gray credits Federov's influence for the technological utopianism of the rocket science pioneer Konstantin Tsiolkovsky, who believed that "humans could liberate themselves from death in outer space." Gray argues that in the end this wedding of technology and Gnosticism led to the dual wonders of the Soviet space program and the preservation of Lenin's corpse (by the Commission of the book's title) and later in the book, links this tradition to the ideas of Kurzweil.

Yet might progress in technology or related realms be more segmented, a series of assemblages that hand off to one another? Let's take an important technology from the last century: aviation. From the Wright brothers' first flight in 1903 (at 10. 9 Km/h) to the SR 71, which first flew 61 years later at a speed of Mach 3.4 (4198km/h) we find an amazing example of technological progress, from propeller biplanes to jet engines flying at supersonic speeds. It is of no surprise that a survey of mid-20th century science fiction predicted high-speed jetliners and even rockets traveling across the world by the late 20th century. Instead we only find the Concorde, which flew trans-Atlantic flights from 1976-2003. Now all commercial flights are subsonic. While aviation has progressed – mainly in the installation of computer navigation systems – one can hardly compare the last 50 years of progress with the initial 60.

Could we say that airplanes have become static machines, failing in promise, kin to the ships used in the voyages of the 15th century Chinese admiral Zheng He? We could read a history of technological machines in a similar way – when, for economic or technological reasons, progress has suddenly slowed or even stalled: the internal combustion engine, railways,

hat, kann man die letzten 50 Jahre Fortschritt mit den ersten 60 Jahren kaum vergleichen.

Können wir also behaupten, dass Flugzeuge zu statischen Maschinen geworden sind, die ihr Versprechen nicht eingelöst haben – wie jene Schiffe, die auf den Reisen des chinesischen Admirals Zheng He aus dem 15. Jahrhundert verwendet wurden? Ähnlich könnten wir eine Geschichte technologischer Maschinen lesen, wenn aus wirtschaftlichen oder technologischen Gründen der Fortschritt plötzlich gebremst oder gar zum Stillstand gekommen ist: Verbrennungsmotor, Eisenbahn, Schifffahrt. Könnte Computing (ein zugegebenermaßen weit gefasster Begriff, der von PCs und Geräten bis hin zur Entwicklung von KI reicht) nicht ebenfalls einen Punkt der Stasis erreicht haben? Statt einer Welt, in der die KI die Antwort auf die Probleme unserer Spezies ist (oder eine posthumane Lösung für unsere Spezies?), könnte Fortschritt dort aufhören, wo die KI das meiste Geld für ihre Unternehmensentwickler verdienen kann? Vielleicht, wenn sie unsere Konsumgewohnheiten perfekt voraussagen und manipulieren kann, was sicher nicht in weiter Ferne liegt. Man könnte argumentieren, dass sich der PC bereits verlangsamt, wenn wir unsere Laptops durch Tablets und Telefone ersetzen, die hauptsächlich dazu dienen, unseren Konsum zu steigern, aber als Werkzeuge für ‚kreative Produktion' oder ‚Befreiung' weniger nützlich sind. Und wofür werden sie jetzt produziert? Geht es nicht vielmehr darum, unsere Gewohnheiten zu verfolgen und unsere Online-Käufe zu erhöhen?

Transhumane Maschinen

Die Ideologie des Transhumanismus zielt auf eine Weiterentwicklung des Menschen ab, die auf einem starken Positivismus und Glauben an wissenschaftliche und (bio)technologische Errungenschaften beruht – regenerative Medizin, radiale Lebensverlängerung oder Nanotechnologie, um nur einige Hauptaspekte zu nennen. Nick Bostrom erklärt die transhumanistischen Werte folgendermaßen: „Transhumanisten behaupten, wir sollten danach streben, menschliche Grenzen und Schwächen zu überwinden. Am wichtigsten ist vielleicht, dass Transhumanisten glauben, dass wir eine neue Reihe von Werten entwickeln sollten, die über menschliche Werte hinausgehen und das Leben weltweit verbessern werden (besser, als wir es mit den aktuellen menschlichen Werten allein konnten)."[5] Bostrom war auch einer der Mitautoren der Transhumanistischen Deklaration der Organisation *Humanity* +: „Wir stellen uns die Möglichkeit vor, menschliches Potential zu erweitern, indem wir das Altern, kognitive Defizite, unfreiwilliges Leiden und unsere Beschränkung auf den Planeten Erde überwinden. [...] Es gibt Szenarien, die zu wunderbaren und überaus lohnenden, besseren menschlichen Bedingungen führen."[6]

Doch jenseits dieser Zukunftsvisionen des Transhumanismus, die eng mit neoliberalen Strukturen verbunden sind, bestimmen transhumane Lebensformen bereits unser tägliches Leben. Die prothetische Verbesserung ist keine Zukunftsvision, sondern bereits seit geraumer Zeit in den Menschen eingebettet. Die Debatte über Human 2.0, die sozialen, politischen und ethischen Implikationen der neuesten Technologien, muss noch kritisch hinterfragt werden. Mehr als ein Vierteljahrhundert nach dem „Cyborg-Manifest" von

shipping. Might computing (an admittedly broad term, ranging from personal computers and devices to the development of AI) also reach a point of stasis? Instead of a world where AI is the answer to our species' problems (or a Posthuman solution to our species?), might progress stop just where AI can make the most money for its corporate developers? Perhaps when it can perfectly predict and manipulate our consumer habits, which is surely not far down the road. One could argue that personal computing is already slowing down as we replace our laptops with tablets and phones, which exist primarily to enhance our consumption, but are less useful as tools for 'creative production' or 'liberation'. But what are they produced for now anyway? Isn't it really to track our habits and increase our online purchases?

Transhuman machines

The ideology of Transhumanism is directed towards sheer human enhancement, based on a strong positivism of and belief in scientific and (bio)technological accomplishments – regenerative medicine, radial life extension, or nanotechnology, to name only the main aspects. Nick Bostrom explains transhumanist values: "Transhumanists maintain that we should strive to overcome human limitations and weaknesses. Perhaps most importantly, transhumanists believe that we should develop a new set of values that are beyond human values and that will make lives better the world over (better than we have been able to do with current human values alone)." Bostrom was also one of the co-authors of the Transhumanist Declaration of the organisation *Humanity+*: "We envision the possibility of broadening human potential by overcoming aging, cognitive shortcomings, involuntary suffering, and our confinement to planet Earth. [...] There are possible scenarios that lead to wonderful and exceedingly worthwhile enhanced human conditions."

But beyond these future visions of Transhumanism, which are intimately connected to neoliberal structures, transhuman life forms – ironically! – already exist in our every day life. Prosthetic enhancement is not a future vision, but already embedded in humans for quite some time. The debate on human 2.0, the social, political and ethical implications of the latest technologies, have still to be critically questioned. More than a quarter century after Donna Haraway's "Cyborg Manifesto", the human/machine interface has become far more complex. Biotechnological developments and techno-philosophical discourse have long overtaken the popular caricature of the cyborg as a futuristic superhero. The idea of creating a better quality of life and reality by utilising the transformative power of the cyborg is well reflected both in media philosophy and in contemporary art.

The journalist and computer programmer Enno Park argues, that "we already live in a cyborg society, without feeling ourselves individually as cyborgs." Park deals with the impact of the digital change on society, especially the fusion of man and machine. Since he wears cochlear implants, he describes himself as a cyborg, and is one of the founders of the Berlin based non-profit organisation Cyborgs. Park recommends we forget about Kurzweil: "Many of the problems, philosophical musings and future scenarios from science fiction stories are emerging today in our everyday lives", he states. "But no one needs to

Donna Haraway ist die Schnittstelle Mensch/Maschine weitaus komplexer geworden.[7] Biotechnologische Entwicklungen und technophilosophische Diskurse haben die populäre Karikatur des Cyborg als futuristischen Superhelden längst überholt. Die Idee, durch die Nutzung der transformativen Kraft des Cyborg eine bessere Lebensqualität und Realität zu schaffen, spiegelt sich sowohl in der Medienphilosophie als auch in der zeitgenössischen Kunst wider.

Der Journalist und Computerprogrammierer Enno Park argumentiert, dass wir bereits „in einer Cyborg-Gesellschaft leben, ohne uns selbst als Cyborgs zu fühlen." Park beschäftigt sich mit den Auswirkungen des digitalen Wandels auf die Gesellschaft, insbesondere der Verschmelzung von Mensch und Maschine. Seit er Cochlea-Implantate trägt, bezeichnet er sich selbst als Cyborg und ist einer der Gründer des Berliner Vereins Cyborgs. Park empfiehlt, Kurzweil zu vergessen: „Viele Probleme, philosophische Überlegungen und Zukunftsszenarien aus Science-Fiction-Geschichten tauchen heute in unserem Alltag auf", sagt er. „Aber niemand braucht einen Chip implantiert zu haben: Es reicht, ein Smartphone zu besitzen. Wie verändern selbstfahrende Autos, Roboterjournalismus und Handyüberwachung, die schon da sind, unsere Art zu denken und zu leben?"[8]

Ein gutes Beispiel für Parks Argumentation ist der Künstler Neil Harbisson, der mit einem Eyeborg, der Farbe in Klang umsetzt, Farbenblindheit überwunden hat und der weltweit erste offiziell anerkannte Cyborg ist. Er ist überzeugt, dass man nicht weniger menschlich ist, wenn man sich selbst verändert. Harbisson glaubt nicht, dass die Vereinigung mit der Technologie zur Entfremdung von der Realität führt. „Mit einer Antenne fühle ich mich den Insekten und anderen Kreaturen mit Fühlern sehr nah", sagt er. „Da ich über Knochenleitung höre, fühle ich mich Delfinen und anderen Meerestieren viel näher, die Geräusche durch ihre Knochen wahrnehmen. Ultraviolett- und Infrarotwahrnehmung lassen mich ähnlich wie Insekten und Säugetiere empfinden, die diese Farben wahrnehmen. Ich fühle mich jetzt stärker mit der Natur verbunden als je zuvor. Technologie kann uns zurück zur Natur bringen."[9] Zusammen mit seiner Cyborg Foundation strebt er eine Verbindung zwischen Kybernetik und Organismen an: „Da beide in exponentieller Evolution sind, verändert sich auch die Definition von Cyborg. Der Cyborgismus besteht aus verschiedenen Arten von Beziehungen zwischen Technologie und Organismen."[10]

Mit ihrem Forschungsprojekt *Bodies & Technology* gibt die Berliner Künstlerin Susanna Hertrich wertvolle Denkanstöße. Sie reflektiert dabei das Phänomen der Prothese als Erweiterung des Menschen im 21. Jahrhundert. Im Kontext der neuesten Technologien sowie aktueller Entwicklungen auf dem Gebiet der Neuro- und Lebenswissenschaften schlägt Hertrich neue transhumane sensorische Erweiterungen vor, die eng mit der Debatte um Human 2.0 verbunden sind.[11] So kombiniert sie in ihrem künstlerischen Forschungsprojekt *Prostheses for Instincts* künstlerische Hypothesen und wissenschaftliche Experimente. „Es ist eine Auseinandersetzung mit prothetischen Vorrichtungen, die als emotionale Erweiterung fungieren", erklärt die Künstlerin.[12] In ihrem aktuellen Projekt *Interspecies* konzipiert Hertrich fotografische Portraits, die auf Mensch-Tier-Hybride verweisen.

have a chip implanted: It is enough to own a smartphone. How do self-propelled cars, robot journalism and mobile phone surveillance, which are already here, change the way we think and live (together)?"

A good example for Park's argumentation is the artist Neil Harbisson, who has overcome colour blindness by means of an *Eyeborg*, which translates colour into sound, and is the world's first officially recognised Cyborg. He is convinced that one does not become less human if one modifies oneself and does not believe that the union with technology leads to alienation from reality. "Having an antenna makes me feel closer to insects and other creatures that have antennae" he claims, "hearing through bone conduction make me feel closer to dolphins and other marine species that perceive sound through their bones, having ultraviolet and infrared perception makes me feel closer to insects and mammals that perceive these colours. I feel a stronger connection with nature now than I ever did before. Technology can bring us back to nature." Together with his Cyborg Foundation he strives to create a union between cybernetics and organisms: "Since both are in exponential evolution the definition of cyborg is also in constant change. We define cyborgism as the different types of relationships between technology and organisms."

The Berlin based artist Susanna Hertrich gives intriguing food for thought with her long-term artistic research project *Bodies & Technology*. There she reflects on the phenomenon of prostheses as an extension of the human in the 21st century. In the context of the latest technologies as well as current developments in the field of neuroscience and biology the artist proposes new transhuman sensory enhancements, closely linked to the debate on human 2.0. In her artistic research project *Prostheses for Instincts*, for instance, she combines artistic hypotheses and scientific experiment: "It is an exploration of the idea of the prosthetic device that acts as emotional extension." In her current project *Interspecies* Hertrich conceives human-animal like photographic portraits, for instance a young man, who seemingly has barbels on his chin, which are similar to sense organs known from various species of fish.

British artists Alex May and Anna Dumitriu combine in their common works robotics, computer programming, video mapping and critical aspects of current research in the life sciences, as well as bacterial aesthetics. One of their artistic projects, *Antisocial Swarm Robots*, is a refreshingly ironic comment on the gap between reality and perfection in robotics. With the help of an ultrasound detector small robots are programmed to "see" if they could collide with another physical object; if so the robots are then programmed to move away from them. May and Dumitriu explain the consequence: "While the code running on each robot was the same, the emergent behaviour became complex, almost predatory." The robots that bumped into each other in their attempts to get away from something else, as the artists explain, "managed to disable each other by shorting out the exposed electrical connections on the circuit boards. On more than one occasion, a robot would lose one of its ultrasound 'eyes' in a collision with another." The project manifests an intelligent artistic approach to undermine neoliberal efficiency and playfully subvert our expectations of progress.

Darunter ist beispielsweise ein junger Mann, dem Bartfäden (Barteln) am Kinn wachsen, die Sinnesorganen verschiedener Fischarten ähneln.[13]

Die britischen Künstler Alex May und Anna Dumitriu verbinden in ihren gemeinsamen Arbeiten Robotik, Computerprogrammierung, Video-Mapping und kritische Aspekte aus der aktuellen Forschung der Lebenswissenschaften sowie bakterielle Ästhetik.[14] Eines ihrer künstlerischen Projekte, *Antisocial Swarm Robots*, ist ein erfrischend ironischer Kommentar zur Kluft zwischen Realität und Perfektion der Robotik. Mit Hilfe eines Ultraschalldetektors werden kleine Roboter so programmiert, dass sie ‚sehen‘, wenn sie mit einem anderen physikalischen Objekt kollidieren können. Wenn dies der Fall ist, sind die Roboter so programmiert, dass sie sich von ihnen entfernen. May und Dumitriu erläutern die Konsequenz: „Während der Code, der in jedem Roboter lief, derselbe war, wurde das aufkommende Verhalten komplex, fast räuberisch." Die Roboter, die bei ihrem Versuch, sich von etwas anderem zu entfernen, ineinander stießen – so erklären die Künstler – „schafften es, sich gegenseitig zu entkräften, indem die freiliegenden elektrischen Verbindungen auf den Leiterplatten kurzgeschlossen wurden. Mehr als einmal hat ein Roboter bei einer Kollision mit einem anderen eines seiner Ultraschallaugen verloren."[15] Das Projekt manifestiert einen intelligenten künstlerischen Ansatz, um die neoliberale Leistungsfähigkeit zu unterminieren und spielerisch unsere Erwartungen an den Fortschritt zu untergraben.

In verschiedenen Projekten erforscht die Berliner Künstlerin Käthe Wenzel die Ästhetik von Maschinen und Organismen. Zu ihren spielerischen Ansätzen im Diskurs der Robotik gehören Projekte wie die *Arena of Artbots*. „Pablo, Hellraiser off Canvas" und „Fightin' Gal Frida" sind nur zwei von mehreren kleinen Farbrobotern, die von den Besuchern gesteuert werden können, um ein „Bot-Gemälde" zu erstellen. Das Projekt trägt den ironischen Untertitel „Remote control your myth". In ihrem Projekt *Bonebots* provoziert und verzerrt die Künstlerin ironisch die Dichotomie von ‚Natur‘ und ‚Technologie‘: Knochen – vom Waschbär, dem Kojoten und dem Rotluchs – wurden auf kleine Roboterautomaten montiert. Während sich diese fortbewegen, zeigen die DIY Roboter einen seltsamen Gang: Ihre Knochenbeine hinken, schwanken und eiern – ein fesselnder Moment, in dem Bionik auf halb-organische Maschinen trifft.[16] Wenzels aktuellem Projekt *Bone Costumes* wohnt eine einzigartige Form der tiermenschlichen Anatomie inne: Auf Textilstreifen sind zahlreiche Geflügelknochen montiert, die wie Kleider, Korsetts und Körper aussehen. Die Durchlässigkeit dieser Kostümkörper führt zu einem ständigen Changieren zwischen innen und außen. „Durchdrungen von der zeitgenössischen Modetechnologie entwickeln sie sich zu Exoskeletten", erklärt Wenzel, „halb organische, halb mechanische apokalyptische Outfits."[17]

Biologische Maschinen

Das Wort „Maschine" stammt aus dem mittelalterlichen Französisch, von lateinisch „machina", mit seinem Ursprung in der dorischen griechischen „Mekhane", ähnlich wie „Gerät".[18] Aber das Wort meint auch Apparat, Gerät, das etwas produziert und bezieht sich im Deutschen auf das Verb „machen". Die neuere Philosophie schlägt auch die Maschine

In various projects Berlin based artist Käthe Wenzel explores the aesthetics of both machines and organisms. Among her playful approaches to the discourse of robotics are projects like the *Arena of Artbots*. "Pablo, Hellraiser off Canvas" and "Fightin' Gal Frida" are only two of several little paint robots, which are to be controlled by the visitors to create a 'bot-painting'. The project carries the ironic subtitle: "Remote control your myth". In her project *Bonebots* the artist ironically provokes and intentionally distorts the dichotomy of "nature" and "technology": Bones – racoon, coyote, and bobcat – are mounted onto little robotic machines. While in motion the DIY robots show a strange gait: Their bones limp, shake, and wobble – a mesmerising moment, where bionics meet semi-living machines. Wenzel's current project *Bone Costumes* proposes a unique form of humanimal anatomy: Numerous fowl bones are mounted onto textile strips, looking like dresses, corsets and bodies. The permeability of the costume bodies creates a constant change between inside and outside. "Crossed with contemporary fashion technology, they evolve into exo-skeletons," explains Wenzel, "half-organic half-mechanical apocalyptic outfits."

Biological machines

The word "machine" derives from Medieval French, through the Latin "machina", with its origin in the Doric Greek "mekhane", similar to "device". But the word also implies an apparatus, a device which produces, something made, or in German the verb "machen" (to do or make). Recent philosophy also re-proposes the machine and machinic as a process, an apparatus of ideas, ideologies, or actions. To this we could add a common factor in the ideology of Kurzweil (and one we won't disagree with, however much we may disagree with where Kurzweil takes it): The biological machine – life as machine, the organism as machine.

Over the last two hundred years Biology and Biochemistry have increased our knowledge and awareness that our bodies (and minds!) are the result of complex processes that can be studied down to the cellular and even molecular level. This knowledge has been developed and evolved simultaneously with great advances in modern engineering, which in turn produced the medical and laboratory machines that allowed us to make these discoveries. So a conflation in the technological machine and the biological machine and great fantasies of chimeras are to be expected. But what if the epistemological basis for these two forms of machine (the biological and the technological) is not only radically different, but in many ways contradictory?

As a species we like to believe that we are unique in the production and use of machines. We allow for some tool use, by other primates for instance, but try to ignore or re-categorise nonhuman technologists – such as ants, bees, or even the complex microbial 'conurbations' we call biofilms with their cellulose structures and complex chemical defences. Human tool and eventual machine building advanced along with our species' development of complex grammatical language. We propose that the two are intertwined. Through language we recreate the world, not on a 1:1 basis – as, for instance, in Borges' short story "On Exactitude in Science" – but through a necessary simplification. An economy of space and effort is appreciated both in language

und das Maschinische als einen Prozess vor, einen Apparat von Ideen, Ideologien oder Handlungen. Es gibt noch einen gemeinsamen Faktor mit der Ideologie von Kurzweil (und einen, dem wir nicht widersprechen werden, so sehr wir auch der Richtung Kurzweils widersprechen möchten): Die biologische Maschine – das Leben als Maschine, der Organismus als Maschine.

In den letzten zweihundert Jahren haben Biologie und Biochemie unser Wissen und Bewusstsein dafür geschärft, dass unsere Körper und unser Geist das Ergebnis komplexer Prozesse sind, die auf zellulärer und sogar molekularer Ebene untersucht werden können. Dieses Wissen wurde gleichzeitig mit großen Fortschritten in der modernen Ingenieurwissenschaft entwickelt, die wiederum die medizinischen Maschinen und Laborgeräte hervorbrachte, die es uns ermöglichten, diese Entdeckungen zu machen. Es ist also eine Verschmelzung der technologischen mit der biologischen Maschine zu erwarten – mit großen Phantasien von Chimären. Aber was, wenn die erkenntnistheoretische Grundlage für diese beiden Formen der Maschine (die biologische und die technologische) nicht nur radikal verschieden, sondern in vielerlei Hinsicht widersprüchlich ist?

Als Spezies glauben wir gerne, dass wir in der Herstellung und im Gebrauch von Maschinen einzigartig sind. Wir erlauben einigen Primaten die Nutzung von Werkzeugen, ignorieren aber nichtmenschliche Technologen – wie beispielsweise Ameisen, Bienen oder die komplexen mikrobiellen ‚Ballungsräume', die sogenannten Biofilme, mit ihren Zellulose-Strukturen und komplexen chemischen Abwehrmechanismen.

Das menschliche Werkzeug und schließlich der Maschinenbau haben sich parallel zur komplexen grammatikalischen Sprache entwickelt. Diese Bereiche sind miteinander verflochten. Durch Sprache erschaffen wir die Welt, jedoch nicht 1:1 neu – wie zum Beispiel in Borges Kurzgeschichte „Von der Strenge der Wissenschaft"[9] – sondern durch eine notwendige Vereinfachung. Eine Ökonomie von Raum und Anstrengung wird sowohl in der Sprache als auch in der Technik geschätzt, wo das Minimum, das zum Funktionieren notwendig ist, häufig als Ideal betrachtet wird.

William von Occams *lex parsimoniae*, auch bekannt als Occams Rasiermesser, besagt: „Pluralität sollte nicht ohne Notwendigkeit gesetzt werden."[20] Diese Präferenz für einfache Lösungen gegenüber komplexen Lösungen ist für Ingenieur*innen und Wissenschaftler*innen gleichermaßen zum Ideal geworden. Mit unnötigen Ausrüstungsgegenständen sollen Maschinen gar nicht erst belastet werden, denn sie wurden ja gebaut, um einen bestimmten Zweck mit der kleinstmöglichen Menge von Teilen zu erfüllen und damit eine bestimmte Arbeit maschinell zu erledigen. Wie eine vereinfachte Übersetzung unserer Welt ist auch die Maschine ein in Bewegung gebrachtes linguistisches Ideal.

Dennoch beschreibt in den Werken von Deleuze und Guattari die „Maschine" verschiedene Apparate: geologische, biologische und historische und andere Maschinen. Das berühmte Konzept der Wunschmaschine (aus ihrem 1972 erschienenen Buch „Anti-Ödipus") beginnt als „binäre Maschinen, die binären Gesetzen oder Regeln von Assoziationen gehorchen: Eine Maschine ist immer mit einer anderen gekoppelt."[21] Später schlagen Deleuze und Guattari

and in engineering, where the bare minimum necessary to function is often sought out as an ideal.

William of Occam's *lex parsimoniae*, also known as Occam's razor, states "plurality should not be posited without necessity." This preference for simple solutions over complex ones has become an ideal for engineers and scientists alike. Unnecessary accoutrements are to be left aside in the machine, which is built to carry out a specific purpose with just enough parts to get the job done. Like a pared-down translation of the world around us, the machine is very much a linguistic ideal put into action.

Yet in the works of Deleuze and Guattari the "machine" used to describe various apparatus: geological, biological, historic, etc. The famous concept of the desiring machine (from their book "Anti-Oedipus", published in 1972) starts as "binary machines, obeying binary laws or set of rules governing associations: One machine is always coupled with another." But later Deleuze and Guattari suggest machines made up of other machines, used and activated by yet other machines or as John Marks puts it: The world is "made up of a series of machines which are 'plugged into' one another." Here we find a different definition of machine: The machine as complex process, the machine as life.

If we are to talk about living or biological machines here, we come upon an inherent contradiction. Organisms are innately complex. They carry around parts that seem to be unnecessary; a much-discussed example of this is junk DNA, which may be unused detritus, or a vital component in Epigenetics. Even bacteria can be dizzyingly complex in their genetic structure and the many metabolic tasks they can enact, both individually, but more commonly as colonies. This complexity is part of a 3.5+ billion year process, in which machinic features come into being, fall out of use, are re-animated and evolve, not least in combination with and through interaction with other biological machines. Biological machines are made up of other machines: e.g. microbiomes allowing us to digest food, or cattle to break down cellulose, or termites to break down wood. But one could also take into account the exchange of genetic material between 'promiscuous' bacteria or viruses as machines of genetic transmission.

We want to stress here the collision of machines, the biological and the man-made. One based on a complexity beyond comprehension; the other pared-down to the barest minimum to be functional. One reproduces (sexually, asexually, in hundreds of forms) – the other is condemned to break down and end up on the junk heap, where it will inevitably be colonised by microbial biofilms. But the paradox we encounter is that we are describing the collision here through language, though the actual results of the collision are *metabolic* and not linguistic. Even science, upon which we seemingly depend for descriptions, could be considered a pared-down translation of 'nature,' not the 1:1 description proposed in Borges' fictional cartography. In this context we can refer to the approach of Anna Lowenhaupt Tsing: "[...] it is useful to consider science a translation machine. It is machinic because a phalanx of teachers, technicians, and peer reviewers stands ready to chop off excess parts and to hammer those that remain into their proper place."

We propose an 'autopsy' of this collision of two types of machines (pre-, and peri-, as well as post-mortem), a forensic investigation of the 21st century flotsam and jetsam caused by this

dann Maschinen vor, die von anderen Maschinen gefertigt und von anderen Maschinen benutzt sowie aktiviert werden, oder wie John Marks es ausdrückt: Die Welt besteht „aus einer Reihe von Maschinen, die ineinander gesteckt sind."[2] Hier finden wir eine andere Definition von Maschine: Die Maschine als komplexer Prozess, die Maschine als Leben.

Wenn wir hier von lebenden oder biologischen Maschinen sprechen wollen, stoßen wir auf einen inhärenten Widerspruch. Organismen sind von Natur aus komplex. Sie tragen scheinbar unnötige Teile mit sich; ein viel diskutiertes Beispiel hierfür ist die Junk-DNA, bei der es sich um ungebrauchtes Detritus oder eine wichtige Komponente der Epigenetik handelt.[2] Sogar Bakterien können in ihrer genetischen Struktur und den vielen metabolischen Aufgaben, die sie einzeln, aber häufiger als Kolonien ausführen können, schwindelerregend komplex sein. Diese Komplexität ist Teil eines über 3,5 Milliarden Jahre dauernden Prozesses, in dem maschinische Merkmale entstehen, nicht mehr nutzbar sind, wiederbelebt und weiterentwickelt werden, nicht zuletzt in Kombination mit und durch Interaktion mit anderen biologischen Maschinen. Biologische Maschinen sind stets aus anderen Maschinen gemacht: zum Beispiel Mikrobiome, die es uns ermöglichen, Nahrung zu verdauen; Rinder, die Zellulose abbauen; oder Termiten, die Holz zersetzen. Man könnte aber auch den Austausch genetischen Materials zwischen ‚promiskuitiven' Bakterien oder Viren als Maschinen genetischer Übertragung in Betracht ziehen.[24]

Wir möchten hier die Kollision von Maschinen betonen, biologische und die von Menschenhand geschaffenen. Die eine basiert auf einer Komplexität jenseits unseres Verständnisses; die andere reduziert sich auf das kleinste Minimum, um funktional zu sein. Die eine reproduziert sich (sexuell, asexuell, in hunderten von Formen);[25] die andere ist dazu verurteilt, zusammenzubrechen und auf der Müllhalde zu landen, wo sie wiederum unweigerlich von mikrobiellen Biofilmen besiedelt wird. Aber das Paradox, dem wir begegnen, ist, dass wir die Kollision hier mittels Sprache beschreiben, obwohl die tatsächlichen Ergebnisse der Kollision *metabolisch* und nicht linguistisch sind. Selbst die Naturwissenschaft, auf die wir offensichtlich für die Beschreibungen angewiesen sind, könnte als ein Herunterbrechen von ‚Natur' angesehen werden, nicht als die 1:1-Beschreibung, die in Borges fiktionaler Kartographie vorgeschlagen wird. Hier ist der Ansatz von Anna Lowenhaupt Tsing erhellend: „[...] Es ist nützlich, die Wissenschaft als eine Übersetzungsmaschine zu betrachten. Sie ist maschinisch, weil eine Phalanx von Lehrern, Technikern und Gutachtern bereit ist, überschüssige Teile abzuschlagen und diejenigen, die bleiben, an ihren richtigen Platz zu hämmern."[26]

Wir schlagen eine „Autopsie" dieser Kollision der zwei Arten von Maschinen vor (prä-, peri- sowie post-mortem), eine forensische Untersuchung des durch diese Kollision verursachten Strandguts des 21. Jahrhunderts. Und wir müssen zweifellos neue Wege für postlinguistische Ausdrucksmittel finden. Karen Barad formulierte die missliche Lage aufgrund der sprachgesteuerten menschlichen Ausrichtung folgendermaßen: „Der Repräsentationalismus trennt die Welt in die ontologisch zerlegten Bereiche von Wörtern und Dingen, und verbleibt im Dilemma ihrer Verknüpfung, um Wissen möglich zu machen."[27]

Es gibt eine Reihe faszinierender Beispiele für diese Kollision in der aktuellen künstlerischen

collision. And we undoubtedly have to find new ways for post linguistic expression. Karen Barad phrased the predicament of language-driven human orientation: "Representationalism separates the world into the ontologically disjoint domains of words and things, leaving itself with the dilemma of their linkage such that knowledge is possible."

There are a number of intriguing examples of this collision in current artistic research. Ljubljana based artist Saša Spačal together with Mirjan Švagelj and Anil Podgornik develop art projects to better understand the contradictory oneness of the human body as biological entity and the multiplicity of the human microbiome. In their installation *Mycophone_unison* the artist-scientist-designer collective has developed a sound map of 'intra-action' between their microbiomes and the recipient. With the help of a viewer's fingerprint an electric 'closed-circuit' is completed, which runs through three Petri dishes, cultured with samples from the skin microbiome of the work's three creators. These cultures, in their multiplicity and complexity, defy any monolithic or unitary definition of being. The electric circuit creates a polymodal sonification in the exhibition space, which stresses the multiplicities of the makers, and also poetically alters over the several weeks of each exhibition time frame. The artwork demonstrates brilliantly the unison of tone with the participatory aid of visitors.

Reflecting the possibility of biological machines as having an animal driven autonomy over mechanical machines – a unique artistic example enlightens the debate. In the context of aquatic life forms and in a subaquatic clash with the Anthropocene, Ljubljana based artist Robertina Šebjanič works with jellyfish, one of the 'simplest' of multicellular creatures. In her series *Aurelia 1+Hz* the artist is interested in both biopolitical and technological attempts at the prolongation of life as well as a new critical reflection of interspecies cohabitation. Her interactive installation *Aurelia 1+Hz / proto viva generator* from 2014 proposes the mutual coexistence of animal and machine. Whereas robots are driven by digital artificial intelligence, this work uses a living organism to bring life to a simple machine. Life expresses itself through the machine, in which living jellyfish control the installation, and with the help of mechatronics decide the light and sound of their own environment. An HD camera records the movements and contractions of the jellyfish, whose captured data is then transformed in real time into code, which in turn navigates the mechanisms of the installation.

And beyond

For all the apocalyptic predictions of possible Posthuman futures, they will certainly be ones inhabited by biological and geological machines, most likely colonising and fossilising the detritus of our technologies. As Lynn Margulis wrote in "Symbiotic Planet": "We cannot put an end to nature; we can only pose a threat to ourselves. The notion that we can destroy all life, including bacteria thriving in the waters of nuclear power plants or boiling hot vents is ludicrous." We set this interesting *vanitas* against the *proGnostications* of the Cosmists or their Silicon Valley progeny. Not only when human language has disappeared, but now in the midst of the 'trouble', the world, including us, is – as always – complex and metabolic.

Forschung. Die in Ljubljana lebende Künstlerin Saša Spačal entwickelt zusammen mit Mirjan Švagelj und Anil Podgornik Kunstprojekte, um den Widerspruch des menschlichen Körpers als biologische Einheit und die Vielfalt des menschlichen Mikrobioms besser zu verstehen.[28] Für ihre Installation *Mycophone_unison* hat das Kunst-Wissenschafts-Design-Kollektiv eine Soundkarte entwickelt, welche die ‚Intra-Action‘ zwischen ihren Mikrobiomen und dem Empfänger deutlich macht. Mit Hilfe eines Fingerabdrucks der Rezipienten/ Besucher wird ein elektrischer Kreislauf geschlossen, der durch drei Petrischalen verläuft, die mit Mikrobiom-Proben der Haut der drei Künstler kultiviert wurden. Diese Kulturen widersetzen sich in ihrer Vielfalt und Komplexität jeder monolithischen oder einheitlichen Definition des Seins. Die elektrische Schaltung erzeugt im Ausstellungsraum eine polymodale Sonifikation, welche die Vielschichtigkeit der Autor*innen betont und sich auch über die mehrwöchigen Ausstellungszeiträume verändert. Das Kunstprojekt zeigt auf faszinierende Weise den Einklang des Sounds mit der partizipativen Hilfe der Besucher.[29]

Wenn man die Möglichkeit biologischer Maschinen als eine von Tieren gesteuerte Autonomie gegenüber mechanischen Maschinen betrachtet, dann erhellt folgendes einzigartiges künstlerisches Beispiel unsere Debatte. Im Kontext aquatischer Lebensformen und einer subaquatischen Auseinandersetzung mit dem Anthropozän, arbeitet die in Ljubljana lebende Künstlerin Robertina Šebjanič mit Quallen, einem der ‚einfachsten‘ Vielzellern. In ihrer Serie *Aurelia 1 + Hz* interessiert sich die Künstlerin sowohl für biopolitische als auch für technologische Versuche zur Verlängerung des Lebens sowie für eine neue kritische Reflexion des Interspezies-Zusammenlebens. Ihre interaktive Installation *Aurelia 1 + Hz / Proto Viva Generator* aus dem Jahr 2014 schlägt die gemeinsame Koexistenz von Tier und Maschine vor. Während Roboter durch digitale künstliche Intelligenz angetrieben werden, nutzt diese Arbeit einen lebenden Organismus, um einer einfachen Maschine Leben einzuhauchen. Das Leben drückt sich in der Maschine aus, in der lebende Quallen die Installation steuern und auf der Grundlage von Mechatronik das Licht und den Klang ihrer Umgebung bestimmen. Eine HD-Kamera zeichnet die Bewegungen und Kontraktionen der Quallen auf, deren erfasste Daten dann in Echtzeit in Code umgewandelt werden, der wiederum die Mechanismen der Installation navigiert.[30]

Und darüber hinaus

Trotz aller apokalyptischer Vorhersagen über mögliche posthumane Szenarien – die Erde wird zweifelsohne von biologischen und geologischen Maschinen bewohnt sein, die den Detritus unserer Technologien höchstwahrscheinlich kolonisieren und versteinern werden. In ihrem interessanten Buch „Symbiotic Planet" schreibt Lynn Margulis sehr bezeichnend: „Wir können der Natur kein Ende setzen; wir können nur eine Bedrohung für uns selbst darstellen. Die Vorstellung, dass wir alles Leben zerstören können, einschließlich Bakterien, die in den Gewässern der Kernkraftwerke oder kochend heißen Quellen gedeihen, ist lächerlich." Wir setzen diese interessante Vanitas-Vorstellung den *ProGnostizierungen* der Kosmisten oder

1   John Gray: Straw Dogs. Thoughts on Humans and Other Animals. London 2002. pp. 137-139.
2   John Gray: The Immortalization Commission. Science on the Strange Quest to Cheat Death. New York 2011. p. 150. Gray mentions an amazing cast of players – Lunacharsky, Mayakovsky, Malevich. But perhaps the best descriptions of Soviet Engineer utopianism come from the writer Andrei Platonov (pp. 180-181), whose life and work are discussed in more detail in Mackenzie Wark: Molecular Red. Theory of the Anthropocene. London, New York 2016.
3   Ibid, pp. 161-67. On Kurzweil p. 217. We could also include Elon Musk as part of a California epilogue to the Cosmist tradition.
4   In addition to the Concorde, a Soviet supersonic commercial airliner, the Tupolev Tu-144, flew for a very short period. www.britannica.com/technology/Concorde, www.britannica.com/technology/Tupolev-Tu-144.
5   Nick Bostrom: Transhumanist Values. In: Journal of philosophical research 30, no. Supplement, 2005. pp. 3-14, see also www.nickbostrom.com.
    Adopted in March 2009 by the Humanity + Board, http://humanityplus.org/.
7   Donna Haraway: A Cyborg Manifesto: Science, Technology, and Socialist-Feminism in the Late Twentieth Century. In: Socialist Review, 80, 1985, pp. 65–108, reprinted in: Simians, Cyborgs and Women: The Reinvention of Nature. New York 1991. pp. 149-181. www.stanford.edu/dept/HPS/Haraway/CyborgManifesto.html
8   https://archiv-15.re-publica.com/en/session/vergiss-kurzweil.
9   www.bbc.com/future/story/20140924-the-greatest-myths-about-cyborgs.
10 www.cyborgfoundation.com.
11 Susanna Hertrich: PROSTHESES. Transhuman Life Forms, solo exhibition at Art Laboratory Berlin (26 November – 29 November 2015), www.artlaboratory-berlin.org/html/eng-exh-38.htm.
12 www.susannahertrich.com/work/prostheses-for-instincts.
13 www.susannahertrich.com/work/interspecies.
14 www.alexmayarts.co.uk; Anna Dumitriu: www.normalflora.co.uk/.
15 www.alexmayarts.co.uk/portfolio/antisocial-swarm-robots.
16 www.kaethewenzel.de/html/bonebot2.htm.
17 www.kaethewenzel.de/html/kostueme.htm.
18 www.etymonline.com/word/machine.
19 J. L. Borges: A Universal History of Infamy. London 1975. p. 131.
20 www.britannica.com/topic/Occams-razor.
21 Gilles Deleuze, Felix Guattari: Anti-Oedipus. Capitalism and Schizophrenia. Minneapolis University of Minnesota 2005 (originally 1972). p. 5.
22 John Marks, Gilles Deleuze: Vitalism and Multiplicity. London 1998. p. 49.
23 www.theguardian.com/science/2012/sep/05/genes-genome-junk-dna-encode and http://journals.plos.org/plosgenetics/article?id=10.1371/journal.pgen.1004351 and www.ncbi.nlm.nih.gov/pmc/articles/PMC3815533/.
24 Lynn Margulis: Symbiotic Planet. A New Look at Evolution. Amherst, New York 1998. pp. 33-49 and 69-85.
25 Ibid, pp. 87-91.
26 Anna Tsing: Mushroom at the End of the World. On the Possibility of Life in Capitalist Ruins. Princeton 2015. p. 217.
27 Karen Barad: Posthumanist Performativity: Toward and Understanding of How Matter Comes to Matter. In: Journal of Women in Culture in Society, vol. 28, no 3, 2003. p. 811.
28 The human microbiome has been intensely, if not exponentially researched over the last 10 to 15 years. A survey and general definition of the microbiome, see here: www.genome.gov/27549400/the-human-microbiome-project-extending-the-definition-of-what-constitutes-a-human/ and www.ncbi.nlm.nih.gov/pmc/articles/PMC3426293/.
29 The work Mycophone_unison was exhibited in the group show The Other Selves. On the Phenomenon of the Microbiome at Art Laboratory Berlin (27 February – 30 April 2016). www.artlaboratory-berlin.org/html/eng-exh-39.htm. Saša Spačal's website: www.agapea.si/en/.
30 Robertina Šebjanič presented this project in her solo show Aural Aquatic Presence at Art Laboratory Berlin (3 September – 9 October 2016). www.artlaboratory-berlin.org/html/eng-exh-41.htm; see also Šebjanič's website: www.robertina.net/.
31 Margulis, 1998, p. 128.

ihrer Silicon Valley-Nachkommenschaft entgegen. Nicht erst wenn die menschliche Sprache verschwunden sein wird, sondern bereits jetzt inmitten der ‚Schwierigkeiten' ist die Welt, einschließlich uns, wie immer komplex und metabolisch.

1   John Gray: Straw Dogs. Thoughts on Humans and Other Animals. London 2002. S.137-139.
2   John Gray: The Immortalization Commission. Science on the Strange Quest to Cheat Death. New York 2011. S.150. Gray erwähnt eine erstaunliche Liste an Beteiligten – Lunatscharski, Majakowski, Malewitsch. Aber vielleicht stammen die besten Beschreibungen des sowjetischen Ingenieurutopismus von dem Schriftsteller Andrei Platonow (S.180-181). Platonows Leben und Werk wiederum werden bei Wark genauer diskutiert: Mackenzie Wark: Molecular Red. Theorie des Anthropozäns. London, New York 2016.
3   Ebd., S. 161-67. Über Kurzweil S. 217. Als Teil des kalifornischen Epilogs der Tradition des Kosmismus könnte man auch noch auf Elon Musk verweisen.
4   Neben der Concorde flog ein sowjetisches Überschall-Verkehrsflugzeug, die Tupolew Tu-144, für eine sehr kurze Zeit. Siehe auch www.britannica.com/technology/Concorde, www.britannica.com/technology/Tupolev-Tu-144.
5   Nick Bostrom: Transhumanist Values. In: Journal of Philosophical Research 30, no. Supplement, 2005. S. 3-14. Siehe www.nickbostrom.com.
6   März 2009 vom Humanity + Vorstand, http://humanityplus.org/.
7   Donna Haraway: A Cyborg Manifesto: Science, Technology, and Socialist-Feminism in the Late Twentieth Century. In: Socialist Review, 80, 1985, S. 65–108, erneut abgedruckt in: Simians, Cyborgs and Women: The Reinvention of Nature. New York 1991. S. 149-181. www.stanford.edu/dept/HPS/Haraway/CyborgManifesto.html
8   https://archiv-15.re-publica.com/en/session/vergiss-kurzweil.
9   www.bbc.com/future/story/20140924-the-greatest-myths-about-cyborgs.
10 www.cyborgfoundation.com.
11 Susanna Hertrich: PROSTHESES. Transhuman Life Forms, Soloausstellung bei Art Laboratory Berlin (26. November – 29. November 2015), www.artlaboratory-berlin.org/html/de-ausstellung-38.htm.
12 www.susannahertrich.com/work/prostheses-for-instincts.
13 www.susannahertrich.com/work/interspecies.
14 www.alexmayarts.co.uk; Anna Dumitriu: www.normalflora.co.uk/.
15 www.alexmayarts.co.uk/portfolio/antisocial-swarm-robots.
16 www.kaethewenzel.de/html/bonebot2.htm.
17 www.kaethewenzel.de/html/kostueme.htm.
18 www.etymonline.com/word/machine.
19 J. L. Borges: A Universal History of Infamy. London 1975. S.131.
20 www.britannica.com/topic/Occams-razor.
21 Gilles Deleuze, Felix Guattari: Anti-Oedipus. Capitalism and Schizophrenia. Minneapolis University of Minnesota 2005 [1972]. S. 5.
22 John Marks, Gilles Deleuze: Vitalism and Multiplicity. London 1998. S. 49.
23 www.theguardian.com/science/2012/sep/05/genes-genome-junk-dna-encode, siehe auch http://journals.plos.org/plosgenetics/article?id=10.1371/journal.pgen.1004351 und www.ncbi.nlm.nih.gov/pmc/articles/PMC3815533/.
24 Lynn Margulis: Symbiotic Planet. A New Look at Evolution. Amherst, New York 1998. S. 33-49 und 69-85.
25 Ebd., S. 87-91.

26 Anna Tsing: Mushroom at the End of the World. On the Possibility of Life in Capitalist Ruins. Princeton 2015. S. 217.

27 Karen Barad: Posthumanist Performativity: Toward and Understanding of How Matter Comes to Matter. In: Journal of Women in Culture in Society, Ausgabe 28, Nr. 3, 2003. S. 811.

28 Das menschliche Mikrobiom wird derzeit intensiv erforscht, in den letzten Jahren hat die Zahl der Publikationen exponentiell zugenommen. Siehe auch: www.genome.gov/27549400/the-human-microbiome-project-extending-the-definition-of-what-constitutes-a-human/ sowie www.ncbi.nlm.nih.gov/pmc/articles/PMC3426293/.

29 Die Arbeit *Mycophone_unison* war erstmals in Berlin in der Gruppenausstellung *The Other Selves. On the Pheno menon of the Microbiome* bei Art Laboratory Berlin zu sehen (27. Februar – 30. April 2016), www.artlaboratory-berlin.org/html/de-ausstellung-39.htm. Saša Spačals Website: www.agapea.si/en/.

30 Robertina Šebjanič präsentierte dieses Projekt in ihrer Soloausstellung in Berlin *Aural Aquatic Presence bei Art* Laboratory Berlin (3. September – 9. Oktober 2016), www.artlaboratory-berlin.org/html/de-exh-41.htm. Robertina Šebjaničs Website: www.robertina.net/

31 Margulis, 1998. S. 128.

Pleasing Machines als erneuerte
Produkte künstlerischer Designforschung
Lisa Glauer / Helge Oder

Die Künstlerin Lisa Glauer und der Produktdesigner Helge Oder haben begonnen, in Zusammenarbeit Vorgänge der künstlerischen Designforschung zu durchdenken. Sie scheinen derzeit auf einen besonderen Ort zwischen Science Fiction (Star Trek) und GAGA Feminism (Halberstam 2013) hin zu steuern.

PRINZIPIEN DES ARTISTIC DESIGN RESEARCH

Produkte und Maschinen können als Verkörperungen von Hierarchien, Erwartungen und Verhalten menschlicher Interaktionen in alltäglichen materiellen Kontexten begriffen werden. Design macht diese Verbindungen sichtbar und bietet Lösungen für alternative Formen zwischenmenschlicher Interaktion, Nutzung von Ressourcen usw. Künstlerische Produktionen erzeugen Raum für bedeutungsvolle Interaktionen jenseits eng definierter Funktionen und Zwecke. Unsichtbare Verbindungen zwischenmenschlicher Interaktionen werden sichtbar und mögliche Perspektiven für zukünftige Formen der Existenz können aus und in Reaktion auf Formen und materielle Kulturen abgeleitet werden. Interaktionen zwischen Individuen lassen sich untersuchen, indem aus der Nähe beobachtet wird, wie sie ihren Zwischenraum bespielen, häufig in Relation zu Objekten. Im Folgenden beschreiben, analysieren und interpretieren wir ausgewählte Kunstmaschinen, indem wir die Prinzipien der künstlerischen Designforschung anwenden.

1) Definiere einen Kontext und beschreibe darin vorgefundene emotionsgeleitete Interaktionen, indem bestimmte Aspekte hervorgehoben werden. Spekuliere über, und visualisiere unsichtbare Kräfte und Emotionen die diese Interaktionen auslösen. Wenn möglich, beschreibe Grenzen und Probleme, in etwa Widerstand gegenüber Veränderung.
2) Beschreibe einige Produkte und Objekte, die hier vorgefunden werden.
3) Interpretiere die Objekte aus ineinandergreifenden künstlerischen Designperspektiven und setzten die Interpretationen in Bezug zu einander.
4) Extrapoliere und stelle Dir alternative Objekte und deren Effekt im Kontext vor.

BESCHREIBUNG DES VORGESCHLAGENEN KONTEXTS: Die Hohe Kunst

Das Museum/white cube/Hohe Kultur/Institution extrahiert ständige Bewunderung, die verinnerlichte Disziplin anspricht, was dazu führt, dass Menschen sich auf angemessen ehrfürchtige Weise durch Räume der Hohen Kunst bewegen. Häufig begleitet ein allgemeines Nicken und sanft bejahendes Murmeln der Zustimmung und Bewunderung den Vorgang des höflichen Tributzollens. Das geschieht auf Führungen durch Museen und andere kulturelle Geografien. Im Sarkophag traditioneller westlicher kultureller Produktion, dieser überwältigenden,

Pleasing Machines as Re-Newed
Products of Artistic Design Research
Lisa Glauer / Helge Oder

The artist Lisa Glauer and product designer Helge Oder have begun thinking through processes of Artistic Design Research collaboratively. They currently appear to be heading towards some special place between Science Fiction (Star Trek) and GAGA Feminism (Halberstam 2013).

PRINCIPLES OF ARTISTIC DESIGN RESEARCH

Products and machines can be seen as embodiments of hierarchies, expectations and behaviors of human interaction in their often-mundane material context. Design makes these connections visible and offers solutions for alternative forms of interpersonal interaction, use of resources etc. Artistic production creates space for meaningful interaction beyond narrowly defined functions and purposes. Invisible connections between human interactions become visible, and possible perspectives for future forms of existence can be deduced based on, and in reaction to, form and material cultures. Interaction between individuals can be examined by closely observing how they handle the space between them, often in relation to objects. In the following, selected art machines are described, analyzed and interpreted applying the principles of Artistic Design Research.

1) Define a context and describe emotionally driven interactions observed within it, highlighting certain aspects. Exaggeration and dramatic emphasis is permissible, cartooning can be used as technique. Speculate about, and visualize, invisible forces and emotions that may be driving interactions. If possible, describe possible limits and problems observed, such as resistance to change.
2) Describe several products and/or objects found to belong here.
3) Interpret objects from a melded artistic design perspective and set these interpretations in relation to each other.
4) Extrapolate and Imagine alternative objects and their effect in the context

1) DESCRIPTION OF PROPOSED CONTEXT: High Art

The Museum/white cube/high culture/institution tiresomely extracts reverence, appealing to internalized discipline that makes people move in an adequately awestruck manner through spaces for high art. Often a general nodding and soft encouraging murmur signifying approval and admiration accompanies the process of being lead in politely paying tribute to whatever genius/top level is currently being presented on guided tours through museums and other cultural geographies.

Within the sarcophagus to traditional Western cultural production, this overwhelmingly monumentalized dead European art, which can apparently, as of yet, not be dismantled, it

monumentalisierten toten europäischen Kunst, welche offensichtlich derzeit noch nicht abgebaut werden kann, erscheint es angemessen, die Langeweile der emotionalen Arbeit, die erforderlich ist, um dies zu erhalten, an Maschinen zu übertragen. Diese erkennen die traditionelle europäische Kunsthistorische Wissenschaft mechanisch an, während zugleich Zeit gewonnen wird für spannendere diversifizierte Studien. Diese sind notwendig, um das danach des Grossen Zusammenbruchs vorzubereiten, bevor wir schließlich, wenn wir so weit sind, das, was anscheinend in Raum und Zeit festgefahren ist, zu Fall bringen.

Künstler*innen sind aufgerufen und arbeiten unabhängig davon daran, diese kolossale Genieproduktions- und Bewunderungsmaschinerie auf unterschiedlichste Weise anzusprechen – hybride Strukturen, die versuchen mit extrahierten Teilen des vorherigen zu arbeiten, sie zu identifizieren, während neue Teile hinzugefügt werden, um sie auf unbequeme Weise zum Funktionieren zu bringen. Auf der einen Seite stehen Institutionen mit ihren Hierarchien, Verhaltenskodexen und Leitbildern. Auf der anderen Seite zeigen sich explizit nicht hierarchische Strukturen unabhängiger und häufig anarchischer Künstler*innen und bricoleur-Kollektivitäten, die Materialien und Grenzen in einem Feld der Metapher und Wirklichkeit testen, um herauszufinden was vielleicht möglich sein könnte. Künstlerische Designforschung zielt darauf ab, die Friktion zwischen diesen variierenden Dichten oder disziplinären Kulturen zu untersuchen, zu artikulieren und auf einer je nach Fall abgestimmten Basis anzupassen, indem mit den Formen, die sie annehmen, interagiert wird. Diese Formen werden unter der interpretativen Linse der *Pleasing Machines* für diesen Kontext neu untersucht. Häufig anzutreffende Probleme: Elitarismus, erstarrte Hierarchien und normative Ausschlüsse.

2) BESCHREIBUNG DER PRODUKTE

Pleasing Maschines produzieren befürwortende und bewundernde Geräusche zu geeigneten Zeitpunkten. Es handelt sich um Geräte und Projekte, die als analytische Werkzeuge im Rahmen von Führungen durch alle möglichen europäischen und eurozentrischen Städte verwendet werden können. Sie sind dazu bestimmt, den seltsam amoebischen Genius sichtbar zu machen und aufrecht und rigide zu halten. Diese Geniusformationen wurden eingefangen, an heterosexuelle weiße Männlichkeit geklebt, und auf Sockeln platziert. Konkrete Produktionen wurden komplexen Kontexten entnommen, an diesen Männlichkeitsfiguren befestigt und in Museen und White Cubes überall zeitlich eingefroren. Es entstand eine kulturelle Geografie aus der, mehr oder weniger erfolgreich, fast alle historische Erinnerung an und von „anders" konstruierten Stimmen, herausamputiert oder unter dem Trauma, die diese Stilllegung begleitet, begraben wurden. Wie intervenieren die hier beschriebenen Objekte in den Verfestigungsvorgängen etablierter Stratifizierung?

seems appropriate to assign the tedium of emotional labor that is required to maintain it, to machines. It acknowledges traditional European art historical study in a mechanical way while buying time for more interesting, diversified study – necessary to prepare the aftermath of the Great Fall. Before finally, when we are ready, bringing what appears to be locked in space and time to a collapse.

Artists are both called upon and have been independently working to address this colossal habituative genius production and reverence machinery in various ways – hybrid structures that seek to identify, maintain and work with extracted parts of the former while bringing new parts to it and making them function, even if awkwardly, together – often to satisfy narrow requirements of funding institutions, shaped by the desire to maintain and defend what is. These spheres tend to work uncomfortably together – the institution with its hierarchical code of conduct and missions (on the one hand) – and (on the other) explicitly non-hierarchical independent, and often anarchic, artist and bricoleur collectivities that try out and test materials and boundaries in a field of metaphor and reality in order to find out what might be possible. Artistic Design Research aims to explore, articulate and modify the friction occurring between these varying densities or disciplinary cultures on a case by case basis by determining and interacting with the form they take on. These forms are reconsidered under the interpretive lens of *Pleasing Machines* for this text. Common Problems: Elitism, frozen Hierarchies and Normative Exclusions.

2) DESCRIPTION OF PRODUCTS

Pleasing Machines emit approving and admiring voices at appropriate moments. They are devices and projects that can be used as analytic tools within the framework of guided tours through various European and Eurocentric cities, intended to both make visible, maintain upright and rigid this weirdly amoebic genius that has been captured, attached to white heterosexual masculinity, and set in place on pedestals. Productions are extracted from context, attached to these masculinities, and frozen into time within museums and white cube formations all over a cultural geography from which, more or less successfully, almost all historical memory of voices constructed as other has been amputated, or buried, along with the trauma of the process of silencing that produced them as such. So how do the objects found here interfere in the solidification of established stratification?

3) INTERPRET OBJECTS
Zooming In: *Bonebots'* grinning insolence

The bone machine (Käthe Wenzel) shows cleansed and whitened bones of various animals. One is a jaw of some unidentified animal painfully attached as the wires have been bored and twisted into the creamy off-white and slightly brittle bone so that the creature can walk, connected to a robot. The bone is dead biological mass that will decay and be consumed by various vermin if not treated properly, connected to plastic robotics toys (in this case, Japanese robot components from Tsukumo Robot Kingdom in Asakusa,

3) INTERPRETIERTE OBJEKTE

Zooming in: Das Grinsen der *Bonebots*

Die Knochenmaschine (Käthe Wenzel) zeigt gesäuberte und weiß gewaschene Knochen unterschiedlicher Tiere. Eine besteht aus Kieferknochen eines unidentifizierten Tieres, die auf schmerzhafte Weise erneuert wurden, indem Drähte und Schrauben in den cremeweißen und leicht brüchigen Knochen gebohrt wurden, damit die Kreatur sich fortbewegen kann. Die Knochenteile sind mit Roboterteilen verzahnt. Die Knochen sind tote organische Masse, die verwest oder durch unterschiedlichste Kriechtiere konsumiert wird, sofern sie nicht auf geeignete Weise präpariert und mit japanischen Roboterkomponenten (von Tsukumo Robot Kingdom in Asakusa, Tokio) und anderen, archaischeren technischen Dingen, wie zum Beispiel Batterien, kombiniert werden. Sie agieren wie sorgfältig gestriegelte Institutionen, die nach hybriden Formen rufen, um sich diese im Streben nach Selbstoptimierung zum Zweck der Selbsterneuerung einzuverleiben, indem ehemals lebendige Formen anderer Zeitalter und Kontexte wiederbelebt und in eine nicht selten vereinfachte, missverstandene und unbequeme Verbindung zum DIY der technologischen Spielzeuge gebracht werden.

Die *Bonebots* laufen indessen nichtsdestotrotz und unbeholfen weiter und eignen sich dabei eigenwillige Persönlichkeiten an. Im Film scheint ein System auseinandergenommener Kieferknochen rückwärts zu gehen oder sogar die anderen wie ein de- und anschließend re-konstruiertes freches Grinsen zu verfolgen oder zu stalken – ein Grinsen, das möglicherweise im anatomischen Theater zwecks Erforschung der inneren Wirkungsweise einer effektiven Grinsen-während-man-läuft-Haltung auseinandergenommen wurde – „Schaut her, ich tue was ihr von mir wollt, aber nicht wirklich!" – während das zweite System aus den knöchernen Extremitäten irgendeines unidentifizierten Tieres aussieht, als ob es versucht, brav das zu tun, was es soll. Er/sie/es scheint sich zu konzentrieren, hart daran zu arbeiten um zu lernen, wie man säuberlich, gleichmäßig gehen könnte...

Die Frechheit des grinsenden Läufers suggeriert eine Distanzierung bezüglich der autoritativen Prämisse, dass diese toten Knochen nicht zur Ruhe gelegt, oder in einem musealen Deepfreeze konserviert werden, sondern sich auf amüsante Weise fortbewegen sollten. Auf den ersten Blick scheint dieses die skeptischere, und daher etwas gesündere Haltung im Angesicht der überwältigenden Forderung, als Künstler*innen bezüglich technologischer Erneuerungen immer up to date sein zu müssen. Diejenigen, die mit institutioneller Förderung zu tun haben, sind sich dessen sehr bewusst – da sie sonst ins Abseits, ins Nichts geschoben werden[1]. Aber bevor diskutiert wird, inwiefern ein Glaube an die Institution, deren Teil man ist oder ob das, was zunächst wie eine gesunde Skepsis erscheint, eher unterstützenswert ist, erscheint eine anderen Interpretationsebene. Es geht um die Frage, wer das tröstend freche Grinsen in die Knochenmaschine getan hat? Die Künstlerin oder die Interpretierende(n)? Wer schreibt sich in wen ein? Ist das Grinsen wirklich da? Einmal gesehen, ist es schwer, es ungesehen zu machen. Es geht hierbei um die Desorientierung, die folgen kann, wenn ein relativ prosaischer Vorgang des Notierens einer Beobachtung durch eine metaphorische und interpretierende Perspektive durchdrungen wird.

Tokyo) and potentially other, more archaic technical stuff, such as batteries. Like carefully groomed institutions calling for hybrid forms in order to incorporate these for self-rein-vigoration, attempting to update by reviving formerly live forms from another era and context in their often simplistic, misunderstood and uncomfortable attachment to the DYI of technological toys.

The *Bonebots*, despite themselves, walk awkwardly, acquiring distinct personalities. In the film, one system of discombobulated jaw bones seems to walk backwards, even following or stalking the other bonebot like a dis- and subsequently re-assembled grin of impudence – possibly dissected in an anatomical theater in order to display research into what may constitute an effective insolent-grin-while-walking mode – „look, I am doing what you want me to, but not really" – while the other system made of bones from extremities of some unidentified animal looks as if it is trying to do what it is supposed to be doing. She/he/it seems to be concentrating, diligently working hard at learning to walk properly, regularly...

The insolence of the grinning walker suggests a distancing from the authoritative premise that these dead bones should not be laid to rest or preserved in a museum's deepfreeze but to entertainingly walk – and at a first glance this seems to be the more skeptical and therefore healthier attitude towards the overwhelming authority of a call to always be up to date as artists – in terms of technology those who deal with funding institutions – are well aware of this, or risk falling by the wayside, plunged into nothingness[1]. But before discussing the difference between a need to believe in the institution one is part of, or nurturing what seems to be a healthy skepticism another level of interpretation emerges around the question of who placed the comforting insolence in that grinning bonebot? The artist or the interpreter? Who is writing themselves into whom? Is the grin really there? Once it has been seen it is hard to unsee it. This is about the disorientation that can take place when a relatively technical process of recording an observation is invaded or assaulted by a metaphoric interpretive perspective.

Zooming Out: Expedition into the Nebulous Off-Space

Kerstin Ergenzinger works to make subcutaneous processes visible in the form of drawings. Movements that exist but are not accessible without these machines are registered. These works explore the larger, usually ignored and yet inconspicuous movement of the earth and refract these back to the institutions. The invisible and possibly unmarked territory of life that lies hidden beneath the sarcophagus of the „cold white peaks of art" (Clive Bell) are mixed with mundane situations of viewers walking in the exhibition space. The work feels for that which is not visible to the eye and brings it forward, it is commenting on institutions that, by searching for it, keep producing such an underneath or outside. A highly developed technological apparatus supported by what appears to be an army of professional engineers and physicists literally measures these movements of the Earth which most humans may intuitively know exist but are physically unable to discern, charts the

Zooming Out – Expedition in den Nebelige Off-Space

Kerstin Ergenzinger arbeitet daran, unterschwellige Prozesse in Form von Zeichnungen sichtbar zu machen. Bewegungen, die existieren, aber nicht ohne diese Maschinen zugänglich sind, werden registriert. Die Arbeiten untersuchen die größeren, meist ignorierten und doch unaufdringlichen Bewegungen der Erde und spiegeln diese zurück in die Institutionen. Unsichtbare und möglicherweise unmarkierte Territorien des Lebens, die unter dem Sarkophag der „Cold white peaks of art" (Clive Bell) liegen, werden mit alltäglichen Situationen der Betrachtenden verwoben, die in den Ausstellungsraum gehen. Die Arbeit ertastet das, was für Augen unsichtbar ist, und bringt es hervor. Gleichzeitig ist sie ein Statement zu den Institutionen, die derartige Unterschwelligkeiten und/oder Formen von „Außen" produzieren, indem sie danach suchen. Ein hoch entwickelter technischer Apparat, der durch eine Armee professioneller Ingenieure und Physiker unterstützt wird, misst diese Erdbewegungen, von denen die meisten Menschen intuitiv wissen, dass sie existieren, die sie aber ohne Hilfsmittel physisch nicht wahrnehmen können. Er zeichnet die Messungen auf und bringt sie in das kulturelle Wirkungsfeld der Kunstinstitution. Dadurch werden zum Größenwahn tendierende Interaktionen und sich aufblähende und umher hüpfende Künstleregos als das erkennbar, was sie sind und immer waren: kleinlich, eitel und menschlich, da sie in Relation zur großen freien Natur, der Erde, dem Anthropozän und anderen größeren materiellen Zusammenhängen – all dem, was schon immer war – gebracht werden.

Zooming back to the Future: Diderot's indiskrete Kleinode

Die „Indiskreten Kleinode" von Diderot (offenbar in Reaktion auf eine Wette 1748 geschrieben) handelt von einem sich um eine imaginierte Maschine ausbreitenden Dominoeffekt in einem autoritären System. Das hierarchische und totalitäre System wird durch pragmatische Selbstzensur zusammen gehalten und von einem im Allgemeinen eher wohlwollenden Patriarchen geführt. Der Herrscher lässt seinen Schutzschild kurzfristig herunter gleiten, wenn er im Privaten mit seiner Lieblingskonkubine ist, wo er ihr, von der Öffentlichkeit unbeobachtet, zeigt, dass sie hier zusammen als Gleichwertige reden können. Hier scheint er sogar in der Lage zu sein, ihren potenziell überlegenen Intellekt anzuerkennen, obwohl sie ihre guten Manieren dadurch zeigt, dass sie sich ihm trotzdem durchweg unterwirft. Er beginnt sich für ihren Zugang zur Komplexität geschlechtlich kodierter Verhaltensweisen am Hof zu interessieren. Sie schließen einen Pakt, um diese ihm bislang verborgen gebliebene Ebene der menschlichen Interaktion zu untersuchen. Der „Genius" des Hofes entwickelt eine Maschine, die dazu führt, dass weibliche Genitalien, genannt „die Kleinode" in der deutschen Übersetzung (und „les bijoux" im Französischen) – „die Wahrheit" sprechen (keine Vortäuschungen), wenn die Maschine auf sie gerichtet ist. Es wird schnell deutlich, dass Frauen am Hof nicht sagen, was sie denken – aus Angst, ein System zu stören, in dem sie sich eingerichtet haben, und/oder wo sie einen gewissen Status erreicht haben, bzw. dazu erzogen wurden und/oder sich selbst dazu erzogen haben.

measurements and brings them then into the cultural workings of the institution, shrinking interactions of grandiosity and ballooning bouncy egos' interactions typically taking place there until they can be seen for what they are, and have always been, which is petty, vain, human and relatively small when seen in relation to the Great Outdoors, Nature, Earth, the Anthropocene, things-that-have-always-been and other such greater material matters.

Zooming Back to the Future: Diderot's Indiscreet Toys

The Indiscreet Toys by Diderot (written, apparently, in response to a challenge in 1748) is about an imagined machine's looming domino effect on an authoritative system sustained by the pragmatics of self censorship in an hierarchical and totalitarian state ruled by a generally benevolent patriarch. The ruler lets down his guard temporarily when in private with his favorite concubine, where unobserved, he shows her that they may speak as equals. Here, he even appears capable of acknowledging her potentially superior intellect, though she shows her good manners in, on the surface, deferring to him throughout, and starts to engage with her access to the complexity of gendered habituated behavior in his court. She forms a pact with him to explore a level of interaction that had been invisible to him thus far. The „genius" of the court developed a machine that leads women's genitalia – called „toys" in the English translation (and "bijoux" in French) – to speak „the truth" (no faking) when directed at them. It becomes clear how the women at court have been trained, and trained themselves, to refrain from speaking their minds, for fear of disturbing a system they have arranged themselves with or where they may have accumulated a certain status – shushing themselves and belittling their knowledge and intelligence, particularly in public, excusing themselves for having an opinion, and sometimes employing the power they have to silence other women, making them „behave" – lest a higher up patriarchal representative with less certifiable credentials feels taken aback, or their own carefully accumulated, precarious status be threatened by a direct comment on how the hierarchy in which they have both become comfortable, is structured.

The search for, and exposure of, different levels of meaning and the sorting of entanglements of (dis)honest expression, confused attempts at interfering as well as intentionally causing disturbance by bringing the various levels into disarray of thoughts, manners and feelings, does not appear particularly dated even though the story is set in a fantasy land and was written centuries ago: „Orcotomous arose to answer these objections, and insisted that toys (women's genitalia) talked in all ages, but so low, that what they said was hardly ever heard, even by those to whom they belonged."

The works discussed make visible and quantifiable that other space that has always existed without being acknowledged, paid attention to or seen: the „toys", as Diderot has Orcotomous say, have always talked, have forever been able to tell the truth, but have sometimes not been heard. The artworld with its vanities has always been subject to the larger workings of the Earth but this is often ignored and edited out, seen as irrelevant. Emotional labor regulating interactions in hierarchical situations have always taken place (dogs wag their tale, human

Sie halten sich selbst still und ihr Wissen klein – besonders in der Öffentlichkeit, wo sie sich dafür entschuldigen, dass sie eine Meinung haben. Zudem nutzen sie manchmal die Macht, die sie haben, um andere Frauen zum Stillhalten und zum „Benimm" zu nötigen. Es gilt zu vermeiden, dass sich ein höherstehender patriarchalischer Repräsentant mit weniger nachweisbarer Qualifikation am Ende überfahren[2] fühlt, oder ihr eigener, sorgfältig aufgebauter, prekärer Status durch einen unvorhergesehen und direkten Kommentar zur Struktur der Hierarchie bedroht wird, in der sie es sich gemeinsam gemütlich gemacht haben.

Die Suche nach, und die Aufdeckung von unterschiedlichen Bedeutungsebenen sowie die Sortierung der Verflechtungen unehrlicher Äußerungen und verwirrter Interventionsversuche (wie z. B. bewusst herbeigeführte Störungen, indem Ebenen unsortierter Gedanken, Manieren und Gefühle durchmischt werden), erscheint in keinster Weise veraltet – auch wenn die Geschichte in einem Fantasieland spielt und vor mehr als 250 Jahren geschrieben wurde:

„Orcotomous arose to answer these objections, and insisted that toys (women's genitalia) talked in all ages, but so low, that what they said was hardly ever heard, even by those to whom they belonged."

Die besprochenen Arbeiten bringen diesen anderen Raum, der immer existierte ohne je beachtet oder anerkannt worden zu sein, zum Vorschein: die „Kleinode", wie Diderot Orctotomous feststellen lässt, haben schon immer geredet, haben schon immer die Wahrheit sagen können, wurden aber manchmal nicht gehört. Die Kunstwelt mit ihren Eitelkeiten war schon immer den gewaltigen Strömungen der Umwelt unterworfen. Aber dies wird oft ignoriert, herauseditiert und als irrelevant angesehen. Emotionale Arbeit, die hierarchische Interaktionen reguliert, hat schon immer stattgefunden (Hunde wedeln mit dem Schwanz, Menschen streicheln Egos) und das freche Grinsen lag möglicherweise schon immer irgendwo in der Kunst begraben. Es muss nur erkannt und/oder hineinprojiziert werden.

Offene Fragen beziehen sich auf den jeweiligen Effekt der Abspaltung beziehungsweise die Nähe zur Institution. Welche Möglichkeiten kritischer Partizipation gibt es, durch die emotionale Arbeit und die mit ihr verbundene jeweilige Haltung sichtbar, (an)erkennbar und für den analytischen Gebrauch nutzbar gemacht wird ? Welche Möglichkeiten entstehen durch Demokratisierung und dadurch, dass Diskussionen für die Welt außerhalb der Kunstinstitution geöffnet werden? Konstituieren die Potenziale der künstlerischen Designforschung einen metaphorischen und zugleich spekulativen Raum? Diderots Science Fiction Roman zeigt, dass formales Wissen nicht notwendig ist, um überzeugende fantastische literarische Szenarien zu entwickeln, in denen diese imaginierten Geräte arbeiten. Ein unmittelbares Verständnis von ingenieurwissenschaftlich-technisch Möglichem ist nicht zwingend nötig, um sich auf plausible Weise das Chaos, das so ein Gerät verursachen kann, spekulativ und im Detail auszumalen. Ein/e Betrachtende/r kann Kerstin Ergenzingers Arbeit (miss)verstehen, davon abprallen und neue und funktionierende Narrative produzieren, auch wenn dies zu Irritation führen kann zwischen der fantastischen Interpretation und den wissenschaftlichen Wissenformen, die Ingenieur*innen und Künstler*innen in die Arbeit

beings stroke egos), and the insolent grin may potentially always lie embedded somewhere in art, it just has to be recognized, or projected into it.

Questions that remain to be discussed are the effect of the split from fully being one with the institution, or of participating while being dissident by making visible – and thereby discernable and ready for analysis – the emotional labor this entails, as well as possible aspects of democratization by bringing the discussion into the world outside the art institution and potentialities of product design opening into metaphorical and speculative space. In addition, Diderot's science fiction piece shows how actual workings are not necessary to project reasonably into a fantastical situation where imagined devices do their work – so that literal understanding of what may be mechanically possible in an engineering sense is not necessary in order to plausibly imagine and speculate about the havoc such a device may cause. A viewer can (mis)understand Kerstin Ergenzinger's piece, bounce off of it and develop a new and functioning narrative interpretation, though this may cause friction between this fantastical interpretation and the type of scientific knowledge that engineers and artists bring to this work. In other words, art machines may successfully do their work without literally functioning: and qualitative parameters of artistic design research need not be in line with often narrow parameters for measuring productivity and output of interdisciplinary research in order to make an important point, and produce a different type of important insight.

Within the framework of the *Jellibelly Bauchpinselmaschinenservice*, the artists Wenzel/ Glauer can be said to have conducted artistic design research in real space and time from 2007 to 2009, directly interacting with people from all walks of life to provide field research notes on the emotional labor involved in ego stroking. Pleasing Machines are being developed to bridge the dilemma between the work of maintaining the funding institution by cleaning up the emotional atmosphere and ensuring that fragile egos remain undented on the one hand and on the other of being fully employed in the scientific study of the Nebulous Off Space without suffering exhaustion and burnout. Generally, the cleansing of emotional atmospheres and the management of bouncy authorship absorbing Top Dog egos is a full time, draining job in itself and cannot be done properly by a researcher fully focusing on high quality scientific study.

The artistic design research project *Jellibelly Bauchpinselmaschinenservice* produced an actual hand-held machine that was continuously modified and its form re-shaped according to feedback from hundreds of participants while beginning to focus on the connection between a physical sensation of being actually, potentially even intimately, stroked in a controlled and directed goal-oriented way and associated feelings of emotional well being and self esteem.

einbringen. Mit anderen Worten gesprochen, können Kunstmaschinen erfolgreich ihre Arbeit machen, ohne dass sie tatsächlich funktionieren. Zudem existieren die qualitativen Parameter künstlerischer Designforschung gleichberechtigt neben den häufig engen Bewertungsparametern rund um Produktivität und Output interdisziplinärer Forschung. Neue Fragestellungen und Sichtweisen auf Forschungsgegenstände sowie eigenständige Formen von Erkenntnis können nur auf diese Weise produziert werden.

Der *Jellibelly Bauchpinselmaschinenservice* der Künstlerinnen Wenzel/Glauer kann rückblickend als künstlerisch Designforschung begriffen werden, die von 2007 bis 2009 durchgeführt wurde. In ihrer Feldforschung befragten die Künstlerinnen Menschen aus allen Lebensbereichen zu der emotionalen Arbeit, die das Bauchpinseln erfordert. *Pleasing Machines* werden entwickelt, um das Dilemma, das zwischen einer fördernden, unterstützenden Institution und der Kunst entsteht, zu überbrücken. Die emotionale Atmosphäre wird gereinigt, um einerseits fragile Egos unbeschadet zu erhalten und auf der anderen Seite das volles Engagement für wissenschaftliche Studien über den Nebeligen OFF Space zu ermöglichen, ohne Erschöpfung bis hin zum Burnout zu erleiden. Die Säuberung emotional verunreinigter Atmosphären und das Management der ballonartig umherhüpfenden Autorschaften und Egos, die häufig von Top Dogs absorbiert werden, ist selbst ein Vollzeitjob, der viel vom Ich der Teilnehmenden abzapft. Das kann nicht noch nebenbei von den Forschenden verrichtet werden, die sich eigentlich voll ihren hochkomplexen wissenschaftlichen Studien widmen sollten.

Das künstlerische Designforschungsprojekt Jellibelly Bauchpinselmaschinenservice entwickelte eine echte handgesteuerte Maschine, die ständig je nach Feedback von hunderten Teilnehmenden modifiziert und formal neu gestaltet wurde. Die Forschung fokussierte dabei zunehmend auf die Beziehung zwischen einem physischen Gefühl der tatsächlichen und auch intim in kontrollierter und zielorientierter Weise stattfindenden „Streicheleinheit" und dem dazu gehörigen Gefühl des emotionalen Wohlgefallens und Selbstwerts.

4) EXTRAPOLATION

G/O suggerieren, dass für diese Form künstlerischer Designforschung in der relativ gefestigten und erstarrten Struktur der Hohen Kunst und Kultur neue Kontexte notwendig sind, um weitere Maschinen zu entwickeln und neue Hilfen für die strategische Anwendung in emotional ermüdenden Situationen zu produzieren.

Zwei Hauptprobleme tauchen auf: Der im Rahmen traditioneller Autorenschafts- Absorptionsprozesse[2] hergestellte emotionale Müll und der chaotische Fallout wirken aktuell durch eine zunehmend homogene und immer kleiner werdende Gruppe von Menschen immer stärker: Er muss immer noch gemanagt und mit größtmöglicher Expertise entfernt werden, so dass sich ein wachsender Bedarf an emotionaler Arbeit abzeichnet. Außerdem benötigen und verdienen die Individuen, von denen das Management und Säubern interpersoneller Beziehungen erwartet wird, vermutlich mehr Annerkennung und sichtbare

4) EXTRAPOLATION

G/O suggest that it is necessary to analyze the processes taking place in the relatively solid and frozen structures of high art and culture contexts under the principles of artistic design research is necessary in order to develop additional machines and other aids for strategic implementation in emotionally draining situations. Two main problems emerge: the emotional garbage and chaotic fallout produced during traditional authorship ab-sorption processes[2], currently being re-implemented by an increasingly homogenous and ever smaller group of people, must still be managed and removed with expertise, so that additional emotional labor ensues. In addition, those individuals who are expected to manage and cleanse interpersonal relations, presumably desire, need and deserve more visible authorship for themselves, while, often, being profoundly, and for good reason, critical of the processes and institutions involved. These individuals tend to understand the workings of the institution from an off-center perspective that remains inaccessible to insiders. It is exhausting to maintain these conflicting positions and perspectives, that is to play the game of outwardly pretending to believe all humans have equal access to universality when in direct contact to those who constantly reinforce and strategically re-confirm each other's brilliance (reciprocal ball stroking/gegenseitiges Eierkraulen) while personally experiencing discrimination. Yet it appears to be necessary, since a lack of this type of invisible emotional labor potentially leads to a system's collapse. Another option would be to equally share responsibility for cleansing of emotional atmospheres, rather than constantly re-assigning it to certain groups of people until they get so used to be the ones doing the emotional labor that it becomes a habit. If human beings with large hats on their heads appear to do amazing things at an above average rate, it may become a habit to prophylactically admire human beings with large hats. Admiration then at some point will be expected by these large hat wearers, even if this may not be earned. On the other hand there are human beings who do extraordinary things, yet due to a lack of visibility are neither perceived nor admired. The right to acknowledgement is not granted to them.

Machines can help here. While the first modus of admiration reproduces a habitual usage of social interaction, it must be activated manually and intentionally when recognized. This currently, in the case of the *Pleasing Machine*, involves turning a crank and strenuous exertion. The *Bauchpinselmaschinenservice* mechanized and liberalized the process to a certain extent. The second modus requires more attention. Here technology may provide support by enabling automatic functions, similar to the way the Bauchpinselmaschine was mechanized. Much more complicated is the development of a search function for the excavation of extraordinary activity that as of yet has not been recognized adequately.

Pleasing Machines such as the *BPM* (Wenzel/Glauer) or the *Amazing O and A Machine* (Glauer/Oder) employing sounds of admiration, can do the emotional labor required to maintain the currently touted narrow representation of geniuses and the structure correspon-dingly shaped by, and supporting these. The emotional energy saved here can be rerouted and used to strengthen the activities of those working to dismantle and transform this same

Autorschaft für sich selbst, während sie häufig, aus gutem Grund, selbst eher kritisch gegenüber den Vorgängen der eingebundenen Institutionen sind. Sie begreifen die internen Vorgänge der Institution aus einer off-center Perspektive, die Insidern nicht zugänglich ist. Es ist ermüdend, diese konfliktbehafteten Positionen und Perspektiven zu erhalten, das heißt, das Spiel mitzuspielen, also nach Außen hin so zu tun, als glaube man, dass alle Menschen tatsächlich gleichen Zugang zu Universellem haben („wir sind keine Opfer", Unverletzlichkeit zeigen). Zugleich befindet man sich in unmittelbarem Austausch und Kontakt mit denen, die sich ständig gegenseitig aus strategischen Gründen ihre jeweilige Brillanz versichern (gegenseitiges Eierkraulen), während man selbst ständig Diskriminierung erlebt. Dennoch erscheint es unerlässlich, da ein Fehlen dieser Art von unsichtbarer emotionaler Arbeit möglicherweise zum Kollaps des Systems führt. Eine andere Option wäre, alle auf gleiche Weise für das Säubern der emotionalen Atmosphären einzuspannen, anstatt es ständig einer bestimmten, angeblich besonders dafür geeigneten Gruppe Menschen zuzuschieben, bis sie so daran gewöhnt sind, nebenbei die erforderliche emotionale Arbeit zu erledigen, dass sie zu einer nicht mehr hinterfragbaren Zusatzarbeit wird.

Wenn Menschen mit großen Hüten auf dem Kopf überdurchschnittlich häufig ganz tolle Dinge tun, kann es zur Gewohnheit werden, Menschen mit besonders großen Hüten aufgrund ihrer Gruppenzugehörigkeit prophylaktisch zu bewundern. Die Bewunderung wird dann, da gewohnt, von den Huttragenden irgendwann erwartet, auch wenn ggf. unverdientermaßen.

Andererseits gibt es hier und da Menschen, die Außergewöhnliches tun, aufgrund mangelnder Sichtbarkeit jedoch weder wahrgenommen noch bewundert werden. Das Recht auf Anerkennung wird ihnen versagt.

Da können die Maschinen helfen. Während der erstgenannte Modus der Bewunderung nur bekannte und habitualisierte Kontexte sozialer Interaktion reproduziert, muss die Maschine vom/von der Benutzenden bei Erkennen auch manuell und bewusst aktiviert werden. Im Fall der *Pleasing Machine* wird gekurbelt und sich angestrengt. Der *Bauchpinselmaschinenservice* mechanisiert, (neo)liberalisiert und verfestigt den Prozess bis zu einem gewissen Grad.

Der zweite Modus erfordert mehr Aufmerksamkeit. Hier kann Technik helfen, um ggf. auch automatisch aktiv zu werden, ähnlich wie die Bauchpinselmaschine mechanisiert wurde. Viel komplizierter ist die Entwicklung einer Suchfunktion für das Erspüren und Sichtbarmachen außergewöhnlicher Aktivitäten, die noch nicht genug Anerkennung erhalten haben.

Pleasing Machines wie beispielsweise die BPM (Wenzel/Glauer) oder die *Amazing Oo and Aa Machine* (Glauer/Oder), die Bewunderungsgeräusche produzieren, können die emotionale Arbeit leisten, die notwendig ist, um die gegenwärtige einförmige Repräsentation von Genialitäten und die entsprechend geformten unterstützenden Strukturen zu erhalten.

Die emotionale Energie, die hier eingespart wird, kann umverteilt und nutzbar gemacht werden um die Aktivitäten derjenigen zu unterstützen, die daran arbeiten, selbige

institution. By using positions outside the institution to genuinely singing transformers' praise in solidarity, burnout is prevented, and individual critical positions are strengthened until they can develop and collect enough power to actually have a long- term effect. In addition, a concerted search for as of yet unrecognized extraordinary activity can be supported by an excavation function. Exploratory excavations into the Nebulous Off Space (NOS), geographically located in direct proximity to the Emotional Dumping Ground (EDG), may be a productive first step. The pleasing machine thereby becomes a research machine for true heroes of the every day, regulating relationships between human beings in a transformative way.

FORTHCOMING:

In addition to the *Amazing O and A Machine*, G/O are in the process of developing a *Magnetic Authorship Absorption and Scattering Device* (*MAASD*) in order to interfere with and at some point, dismantle still active normative ascriptions of originality and other desirable traits to individual members of the same homogenous group of persons (Matthew Effect) with the goal of supporting the production of new collectivities.

1   Aleida Assmann: 2009. "Plunging into nothingness": the politics of cultural memory. In: Ladina Bezzola Lambert, Andrea Ochsner (eds).: Moment to monument: the making and unmaking of cultural significance. Bielefeld 2009. pp. 35-49.

2   The Kulturrat's (Culture Council) managing directot, Zimmermann, says: „nobody needs to be afraid there to be steamrollered by women." In: Heide Oestrich: Der Geniekult ist männlich. taz. 30.06.2016. https://www.taz.de/Archiv-Suche/!5314843&s=Zimmermann+Kultur+Frauen/

3   G/O are well aware that thoughts about "The Death of the Author" (Barthes) are dated, however, they have often observed how Death-of-the-Author proponents make sure their own names are visually well positioned above any presentations on the subject. Much like expertise in Feminism and/or Queerness or Antiracism seems to increasingly be used by human beings lacking femininity and queerness or experience with racism in order to position themselves ahead and above of those these political terms propose to liberate and further. This observation by no means endorses or prefers individuals who are openly bigotted, or "honestly" misogynist or racist. See *MAASD – Magnetic Authorshp Absorption and Scattering Device*.

Institutionen zu dekonstruieren und transformieren. Indem Positionen außerhalb der Institutionen genutzt werden, um auf ehrliche Weise einen solidarischen Lobgesang anzustimmen, wird Burnout verhindert und individuelle Kritikfähigkeit gestärkt – solange, bis genug Macht entwickelt und Energie gebunkert ist, um tatsächlich einen langfristigen Effekt herbeizuführen. Zusätzlich kann eine gezielte Suche nach bislang unentdeckter außergewöhnlicher Aktivität durch eine noch zu entwickelnde Erspürungs- und Ausgrabungsfunktion unterstützt werden. Erkundungsgrabungen im Nebligen Off Space, (NOS, Nebulous Off Space), der sich geographisch in direkter Nähe zur Emotionalen Müllhalde (EDG, Emotional Dumping Ground) befindet, sind ein produktiver erster Schritt.

Die Pleasing Machine wird zur Research Machine für die wahren Held*innen des Alltags; die Beziehungen zwischen Menschen werden auf transformative Weise reguliert.

DEMNÄCHST:

Zusätzlich zur *Amazing Oo and Aa Maschine*, arbeiten G/O derzeit an der Entwicklung eines *Magnetischen Autorschafts-Absorptions- und Verteilungs-Geräts* (*Magnetic Authorship Absorption and Distribution Device* – kurz *MAASD*). Dieses unterbricht die derzeit noch aktiven normativen Zuschreibungen von Originalität und anderen wünschenswerten Autoritätsmerkmalen an individuelle Mitglieder derselben homogenen Gruppe (Matthäus

---

1 Aleida Assmann: "Plunging into nothingness":the politics of cultural memory. In: Ladina Bezzola Lambert, Ladina, Andrea Ochsner (Hg.): Moment to monument: the making and unmaking of cultural significance. Bielefeld 2009. S. 35-49.

2 Der Geschäftsführer des Kulturrats, Zimmermann, sagt: „Da muss keiner Angst haben, dass er von Frauen überfahren wird." In: Heide Oestrich: Der Geniekult ist männlich. taz, 30.06.2016. https://www.taz.de/Archiv-Suche/!5314843&s=Zimmermann+Kultur+Frauen/

3 G/O wissen natürlich, dass Gedanken zum Tod des Autors "The Death of the Author" (Barthes) bereits existieren, sie konnten jedoch häufig beobachten, wie den „Tod-des-Autors"-Verfechtende sich versichern, dass ihre eigenen Namen visuell gut über jeder Präsentation zum Thema platziert sind. Ähnlich wie Expertise in Feminismus und Queerness und Antirassismus zunehmend von Menschen geltend gemacht wird, denen Weiblichkeit oder Queerness oder Rassismuserfahrung fehlt, um sich vor und vor allem über diejenigen, die diese politischen Termini eigentlich befreien oder befördern sollen, zu positionieren. Diese Beobachtung befürwortet in keiner Weise Individuen, die offen bigott sind, oder sich „ehrlich" misogyn oder rassistisch äußern. Siehe *MAASD – Magnetic Authorshp Absorption and Scattering Device*.

KAPITEL 1

Sozio-emotionale Dienste

Die Maschinen des ersten Kapitels funktionieren als sozio-emotionale Dienstleisterinnen: Entfernte Verwandte des Tamagochi, von Pflege-Robotern und „digitalen Assistenten" wie Cortana und Alexa, sind sie soziale Krücken und Stellvertreter*innen, die es scheinbar oder tatsächlich übernehmen, für ihre Benutzer*innen apparativ Grenzen zu setzen oder zu erweitern (Schmitz, Wenzel), maßgeschneiderte Ausreden zu erfinden (Pei Ying Lin), oder Streicheleinheiten zu verteilen (Glauer).

Damit übernehmen sie komplexe soziale Aufgaben, die ihre Benutzer*innen erleichtert abgeben, weil sie ihnen selbst emotionalen Stress verursachen oder tiefere Arbeit an der eigenen Persönlichkeit abfordern würden, zum Beispiel höhere Formen des Wartens (Waldschütz). In Feinabstimmung auf die Mangelerscheinungen der digitalen Gesellschaft versuchen die versammelten Maschinen, die Lücken zu füllen, die das Schwinden des urbanen Lebens und der Direktkommunikation aufreißen: Sie stellen Gemeinschaft her (Bartsch), treten als kommunikatives Gegenüber auf (Dumitriu/May) bis hin zum zusätzlichen Sinnesorgan für das Überleben in einer feindlichen Umwelt (Hertrich). Bei manchen verschwimmen die Grenzen zwischen Service, Optimierung und Tortur (Johnson), bei vielen ist Scheitern Teil des Programms. Sie funktionieren als Prothesen am sozialen Körper.

Socio-emotional Services

These machines of the first chapter provide social and emotional services: Remotely related to Tamagochi, to nursing robots and „digital assistants" like Cortana or Alexa, they function as social crutches and substitutes, who apparently or in fact set boundaries or extend them (Schmitz, Wenzel), invent custom-made excuses (Pei Ying Lin), or dispense encouragement and adulation (Glauer) on behalf of their user.

They fulfil complex social duties – f.ex. higher forms of waiting (Waldschütz) –, relieving their users from emotional work which would otherwise have resulted in stress or required hard, personal work on themselves. Finely tuned in to the social and emotional deficiencies of digital society, these machines attempt to fill in the gaps left by a dwindling urban life and the loss of direct, face-to-face communication: They produce community (Bartsch) or act as communicative counterparts (Dumitriu / May) or even function as additional sense organs for the survival in an hostile environment (Hertrich). With some of them, the boundaries between service, enhancement, and torture, become fluid (Johnson); for many of them, failure is part of their structure. They act as prosthesis on the body of society.

Schmitz | Waldschütz | Lin | Glauer | Wenzel/Glauer | Dumitriu/May | Hertrich | Bartsch | Johnson

Claudia Schmitz

blister III
Performative Installation. Heißluftballonseide, Mikrophone, Gebläse, User. Maße variabel. *2006.*
Fotos: Inho Baik

blister III
Performative installation. Hot air ballon silk, microphones, compressor, user. *2006.* Dimensions variable. Photos: Inho Baik

Zeichnung: blister VII
Apparative Installation. Spinnaker, Luftpumpen, Gummihandschuhe, User. 200 x 200 x 145 cm. *2010.*

Drawing: blister VII
Apparative installation. Spinnaker, bellows, rubbergloves, user. 200 x 200 x 145 cm. 2010.

Meine Arbeit mit Maschinen und Medienkunst ohne Strom entspringt der Faszination an Mechanik – und den Fragen nach Identität und deren Verlust in virtuellen Welten. Was geschieht, wenn wir uns an Maschinen ankoppeln? Was passiert, wenn unsere Hand nicht mehr die Hand ist, sondern ihr virtueller Ersatz (z.B. der Mauszeiger)? Wie verändert sich das Körpergefühl, das Körperbild, wie weit wird die Maschine unser eigener Körper? Was passiert mit unserem Individuum/Selbst? Was ist ein Individuum in Zeiten medialer Selbstbilder und digitaler Normierung? Was heißt es, frei zu sein?

My work with machines and media art without electricity springs from a fascination with mechanics, and with questions of identity, and loss of identity in virtual worlds. What happens when we plug into machines? What happens when our hand is not a hand anymore, but its own virtual replacement (for example the mouse pointer)? How do body perception and body image change? To what extent does the machine turn into our body? What happens to our individuality, our self? What is an individual in times of mediated self-image and digital normation? What does it mean to be free?

Blister III umgibt eine reale Person mit einer fallschirmseidenen Hülle. Die Person im Hülleninneren kann durch ihre Bewegung die Plastik im Raum steuern und durch manuelle Beeinflussung der Luftzufuhr mittels Gebläse die äußere Form, den persönlichen Raum mitbestimmen, sie kann Platz einnehmen und Platz freigeben. Die Ausstülpungen beschreiben Körperverlängerungen beim Eintauchen in mediale Welten und subjektive Erweiterungen in den allgemeinen Raum. Durch Mikrophone im Plastikinneren werden Körpergeräusche des Menschen und

Blister III surrounds a real person in a shroud of balloon silk. The person inside can manoeuvre the sculpture through space and influence its outer shape, define personal space, and occupy or concede space by manually activating a fan and thereby the influx of air. Its protuberances emulate the way in which bodies extend when they are immersed in virtual realities, or simply subjective extensions into shared space.
Microphones inside the sculpture transmit body and machine sounds into the exhibition venue. These noises can be heard even

Maschinengeräusche per Funk in den Ausstellungsraum übertragen. Die Geräusche sind auch hörbar, wenn die Plastik nicht sichtbar anwesend ist. Die Externalisierung des Körperinneren durch Sound lässt den Raum, in dem das Event stattfindet, zum erweiterten Körper werden.

Der Diskurs über die Interaktivität, -passivität und Reaktivität zeit sich in dem Morph zwischen dem tatsächlichen und dem gedachten Körperbild. Meine Apparate sprechen über die Verwechslung des An-Aus einer programmierten Reaktion mit echter Kommunikation (Monolog der Sender). Sie persiflieren unsere Phantasien über die Beherrschung von Maschinen, die tun, was wir ihnen sagen – die aber in Wahrheit ein Eigenleben besitzen und uns verändern.

when the sculpture isn't visibly present. The externalized body sounds turn the exhibition venue into an extended body.

The discourse about interactivity, interpassivity, and reactivity is elucidated in the morph between actual and imagined body image. My apparatuses discuss how the on-off of a programmed reaction is frequently confused with, and taken for, actual communication (soliloquy of senders). They mock our fantasies of dominating machines, which seem to obey our every command but which in reality possess a life of their own and change us.

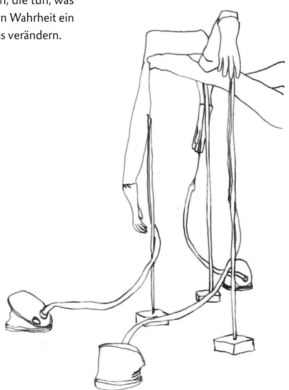

Hannes Waldschütz

Wartende Maschinen
Serie von drei Maschinen. Mikroelektronik, Glas, Software. Je ca. 21 cm x 21 cm x 25 cm. 2007.

Wartende Maschinen
(Waiting Machines). Series of three machines. Microelectronics, glass, software. Each appr. 21 cm x 21 cm x 25 cm. 2007.

Schüchterne Maschine
Elektronik, Messing, Zeichnung von Annalena Kasperek. 5cm x 7cm x 14cm. 2007.

Schüchterne Maschine
(Timid Maschine). Electronics, brass, drawing by Annalena Kasperek. 5cm x 7cm x 14cm. 2007.

Zeitgenössisches Leben findet unter den Bedingungen einer maschinisierten Umwelt statt. In beinahe allen Bereichen unserer Gesellschaft ist sichtbar, wie umfassend technischer Fortschritt die Lebensrealitäten der Menschen bestimmt. Maschinen sind, jenseits ihrer eigentlichen Konstruktion, jederzeit auch Repräsentantinnen übergeordneter Systeme und Strukturen.

Diese doppelte Wirkkraft der Maschinen fasziniert mich – als konkrete, realisierte Konstruktion einerseits, als Akteur gesellschaftlicher Zusammenhänge andererseits. In meinen künstlerischen Arbeiten versuche ich ihre grundlegenden Prinzipien und Eigenheiten freizulegen und sie auf andere Zusammenhänge zu übertragen.

Meine Maschinen erlangen ihre mögliche Berechtigung aus einer ästhetischen Betrachtung heraus und geben damit den Blick frei auf das Verhältnis zwischen den Menschen und ihren Maschinen: definiert durch Zweck und Arbeit.

Nutzlose Maschinen zu konstruieren ist der Versuch, Gelassenheit in dieses Verhältnis zu bringen. So werden sie zu Denkmaschinen: Maschinen, die uns im besten Fall zum Nachdenken bringen.

Contemporary life unfolds within a mechanized environment. We can observe practically everywhere how strongly the circumstances of our lives are defined by technical progress: Beyond their actual purpose of construction, machines invariably represent greater, encompassing systems and structures.

This double agency fascinates me – the actual engineering on the one hand, and machines as actors in multiple societal contexts on the other. In my work, I expose basic principles and properties of machines and then transfer them into new contexts.

The existence of my machines is justified by aesthetic reflection only, opening up new perspectives onto the relationship between human beings and their machines – a relationship that is normally defined by purpose and work.

Constructing useless machines is an attempt to introduce a certain amount of composure into this relationship. Machines become thinking machines – at best, machines that make us think.

My series "waiting machines" is comprised of three machines: *Die Maschine, die auf*

Die *Wartenden Maschinen* sind eine Serie von drei Maschinen: *Die Maschine, die auf Gott wartet, Die Maschine, die auf einen Zeitpunkt wartet, Die Maschine, die darauf wartet, nicht mehr zu warten.* Alle drei sind voll funktionsfähige Konstruktionen, die auf ein bestimmtes Ereignis warten. Eine integrierte Notstromversorgung garantiert ein störungs- und unterbrechungsfreies Funktionieren. Sie wurden am 24.10.07 um 18:07 in Bremen aktiviert. Ab diesem Zeitpunkt waren die drei Maschinen durchgehend ohne Unterbrechung bis zu dem von ihnen erwarteten Moment in Betrieb. *Die Maschine, die auf Gott wartet,* ist es nach mehr als zehn Jahren noch immer.

Die *Schüchterne Maschine* reagiert erschreckt auf die Anwesenheit eines Anderen und dreht dabei die von ihr gezeigte Zeichnung schnell vom störenden Betrachter weg. Wird sie für etwa ein bis zwei Minuten allein gelassen, beginnt sie langsam die Zeichnung zurück zu drehen, bis diese wieder vollständig zu sehen ist.

Gott wartet (Machine waiting for God), *Die Maschine, die auf einen Zeitpunkt wartet* (Machine waiting for a specific moment in time), *Die Maschine, die darauf wartet nicht mehr zu warten* (Machine waiting for the end of waiting).

All three are fully functioning constructions waiting for a specific event. An integrated emergency power supply ensures that they operate without interruption or disturbances. They were activated on October 24, 2007, on 6:03 p.m. in Bremen, Germany. They ran without interruption until the expected moment. *Die Maschine, die auf Gott wartet* (The Machine waiting for God) is still running over ten years later.

Die Schüchterne Maschine (Timid Machine) acts frightened at the approach of a person, or persons, and hides the drawing it was showing by turning away from the intruder. Left to its own devices for a few minutes, it slowly uncovers the drawing until it is again fully on display.

Pei-Ying Lin

Guiltless Excuses
(Schuldlose Entschuldigungen). App, Erzählungen, Video. 2012.

Guiltless Excuses
App, narratives, video. 2012.

Kaleidoscope of the Universes
(Kaleidoskop der Universen). 3D Printer, MindWave Mobile, Bodenbakterien, Agar Medium, Acryl, Prozess,, andere Medien. 2015 – 16.

Kaleidoscope of the Universes
3D printer, mindwave mobile, soil bacteria, agar mediums, acrylic, processing, and other media. 2015-16. 2015 – 2016.

Guiltless Excuses begann mit einer einfachen Beobachtung – dass die an uns gestellten Erwartungen (die wir alle gern erfüllen möchten) und das, was wir tatsächlich schaffen können, weit auseinanderklaffen. *Guiltless Excuses* ist eine mobile App und ein Management-System für unseren Wunsch nach Freiraum ohne schlechtes Gewissen.
Entschuldigungen und Notlügen werden häufig als verwerflich betrachtet, und wir bestrafen uns selbst, wenn wir zu ihnen Zuflucht nehmen. Wenn der resultierende Stress uns zu überwältigen droht, ist der einzige Ausweg eine Messlatte, die uns Halt gibt. Und hier kommt die „Computertechnologie" ins Spiel: Weil wir davon ausgehen, dass Computer Zusammenhänge bemessen können, und wir auf Algorithmen vertrauen, wird in einem Meer von unklaren sozialen Interaktionen eine App zu einer Stütze.
Darum versucht die *Guiltless Excuses* App, 1) das Unmessbare zu bemessen, und 2) beim Umgang damit zu helfen.
Guiltless Excuses ist eine App, aber auch eine Möglichkeit, das Wesen unmessbarer Gesten zu erforschen, und ein Spiegel, der zwischenmenschlichen Austausch reflektiert.

Kaleidoscope of the Universes sucht innerhalb der Struktur alter Rituale nach neuen

Guiltless Excuses started from a very simple observation – there is a gap between what we hope and are expected to do, and what we really can do. Guiltless Excuses is a mobile phone app and a management system for the desire to withdraw without guilt.
Excuses and lies are often considered shameful, and we punish ourselves for using them. When these emotions become overwhelming, the only way out is something to hold onto to. Here, 'computer technology' enters the picture. Because we assume that computers can quantify things, and we put trust in algorithms, an app become ssomething we could feel comfortable depending on in the sea of 'fuzzy' social interactions. Therefore the Guiltless Excuses app attempts to 1) quantify the unquantified, and 2) help you manage it.
Guiltless Excuses is an app, but also a mirror to reflect on human nature and social interactions, and a way to investigate the true essence of unquantified gestures.

Kaleidoscope of the Universes attempts to find a new agency for modern humans within the structure of ancient rituals. In Buddhism, a mandala is a painting representing the universe/cosmos. The mandala symbolises all the living creatures and the gods, and its ritual

Handlungsspielräumen für moderne Menschen. Im Buddhismus ist ein Mandala eine Darstellung des Universums/des Kosmos. Es symbolisiert alle lebenden Wesen und die Götter, und seine rituelle Zerstörung verweist auf die Flüchtigkeit der Existenz. Ist es möglich, die Symbolik des Mandala an unser zeitgenössisches, oft wissenschaftlich geprägtes Verständnis der Welt anzupassen?

Kaleidoscope of the Universes besteht aus drei Teilen: 1) dem Zeichenwerkzeug, 2) dem Ritual, und 3) der Meditations-Performance. Das Zeichenwerkzeug umfasst einen Mikroorganismen-Drucker, der durch Gehirnwellen in der Meditation kontrolliert wird, sowie eine „Leinwand" (Wachstumsmedium) für die Mikroben. Das Ritual entwirft einen neuen Prozess, um die „Zeichenmaschine" in der Meditation zu verwenden. Die spirituelle Reinigung durch Weihrauch wird zur tatsächlichen Sterilisierung nach den Regeln der Mikrobiologie. Der dritte Teil – die Meditation – findet als Performance über mehrere Wochen statt. Jedes Mandala entsteht als Zeichnung aus einer Erfahrung der Besinnung, und das Ergebnis ist jedes Mal anders. Am Ende stehen die Mandalas als Dokumentation der Meditation.

destruction signifies the impermanence of existence.
Could we possibly 'update' the imagery of the mandala to include our current, often scientific, understanding of the world?

Kaleidoscope of the Universes is divided into three major parts: 1) the tool for drawing 2) the ritual and 3) the performance of meditation. The tool for drawing is a microorganism printer controlled by brainwave meditation, along with a 'canvas' (growth medium) for the microbes. The ritual is to redesign a process for using this 'drawing machine' for meditation. The spiritual purification with incense becomes an actual sterilisation according to a microbiological protocol. The third part – meditation – is performed over a few weeks. Each mandala drawn reflects an experience, and each time the result is different. In the end, the growing mandalas will be the record of the meditation.

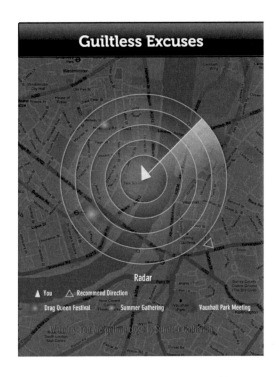

Lisa Glauer

Habitus Manipulator
Computer, Lautsprecher, Holz, Schaumstoff, Flokati.
90 x 45 x 45 x 8 cm. 2011.

Habitus Manipulator
Computer, speaker, wood, rubber foam, shag carpet.
90 x 45 x 45 x 8 cm. 2011.

Amazing Oo and Aa Machine
Revolt Dynamo, Walkman, Mini Lautsprecher. Ca.
30 x 20 x 5 cm. 2012.

Amazing Oo and Aa Machine
Revolt dynamo, walkman, mini speaker. Appr. 30
x 20 x 5 cm. 2012.

Pleasing Machines

Die *Amazing Oo & Aa Machine* sendet beifällige und bewundernde Geräusche zu geeigneten Zeitpunkten, während ihre Gedanken mit anderen Dingen beschäftigt sind, und trägt zum Beifallsfluss bei, ohne von der psychischen Energie Gebrauch zu machen, die in der Regel notwendig ist, wenn man Erwartungen entsprechend emotionale Arbeit leistet, ohne jegliche emotionale Beteiligung einzufordern. Der Prototyp (Oo & Aa 1) funktioniert mit einem handgepumpten Henkel und einem altmodischen Walkman und erfordert viel hochqualifizierte Fingerfertigkeit und Handarbeit, bevor gefällige Klänge hervorgebracht werden.
Für neuere, elektronisch angetriebene Versionen wurde die sehr systematische Kompetenz von Produktdesignern eingesetzt (*Pleasing Machines*, Glauer/Oder). Die Erforschung der Wirkung der Sounds gefälschter Orgasmen führte zu einem Archiv mit einer weitaus größeren zur Verfügung stehenden Auswahl von "gefälligen und bewundernden Geräuschen zu geeigneten Zeitpunkten". Während der Anforderung, den allgemein akzeptierten, unendlichen Kanon historischer, weißer männlicher Genies, die überall auf Sockeln zu sehen sind, zu bewundern,

Pleasing Machines

The *Amazing Oo & Aa Machine* emits approving and admiring noises at appropriate moments while her mind wanders, contributing to the flow of admiration without expending the psychic energy necessary to maintain subjective separation from social expectations to provide emotional labor[1] , without any emotional involvement whatsoever. The prototype (Oo & Aa 1) functions with a hand pumped handle and an old-fashioned Walkman requiring much highly skilled handwork before any gratifying sounds will emerge.

For electronically driven versions, the highly systematic expertise of product designers has been employed (*Pleasing Machines*, Glauer/Oder, 2017). Researching the effect of the sounds of fake orgasms led to an archive with a far greater selection of "approving and admiring noises at appropriate moments". While the need to admire a generally accepted unending canon of historic white male genius visible on pedestals is easily satisfied with the most generic of faked film orgasm sounds, a higher degree of complexity among more diverse contemporary emerging genius may consequently require more diversified forms of adoration and care.

1 Sozio-emotionale Dienste
Socio-emotional Services

Sound

0. warte bis

1. Mensch da → Start happy

2. noch Mensch da → warten [1 min]
   (wenn)

Relais

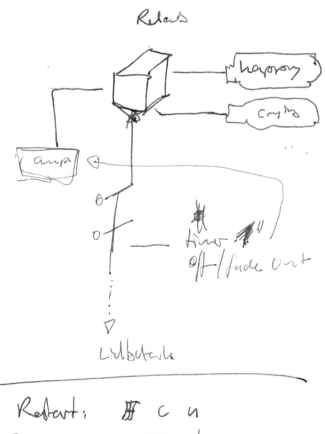

happy

Crypto

amp.

time Off / fade out

Lichtbetank

Restart: # c u

Pause # - Taste | # - Taste

ganz leicht mit dem gewöhnlichsten und populärsten aller Film-Orgasmus-Sounds zu erfüllen ist, könnte eine höhere Komplexität unter den vielfältigeren zeitgenössischen aufkommenden Genialitäten diversifizierte Formen der Anbetung und Gefälligkeit notwendig machen.

Der durchschnittliche Museumsbesucher verbringt 17 Sekunden vor einem Kunstwerk. Der weinende Stuhl (*Habitus Manipulator*) stört den regelmäßigen Museumsverkehr. Sein weiches Zuckerwürfel-Design wirkt auf Betrachtende anziehend und lockt ihn oder sie, sich hinzusetzen. Sobald die Sitzenden aufstehen um zu gehen, beginnt die Sitzgelegenheit bitterlich zu weinen. Wenn der Betrachter darauf reagiert, indem er sich wieder hinsetzt, gibt der Stuhl angenehme, gurgelnde Töne von sich. Es wurde gezeigt, dass laktierende Frauen (Pfeifer/Glauer, Kunstraum Bethanien, 2011), deren Körper und Brüste gelernt haben, Milch in Reaktion auf verbale Signale eines hungrigen Kindes hervor zu bringen (Milchflussreflex), hier den körperlichen Drang verspürten, den weinenden Stuhl zu füttern und so to *please the machine*.

The average museum visitor spends 17 seconds viewing a work of art[2] . The Crying Chair (*Habitus Manipulator*) interferes in regular museum traffic. Its soft sugar cube design attracts the viewer and entices her/him to sit down. Once the viewer stands up to leave, it begins to cry bitterly. When the viewer sits down again, it emits pleasurable, gurgling sounds. It has induced let down in lactating women (Pfeifer/Glauer, Kunstraum Bethanien, 2011), whose bodies and breasts, habituated to producing milk in response to a verbal cues, here physically signaled a desire to soothe, feed and *please the machine*.

---

1 »...different professions require surface acting, or displays of emotions, to different extent.« In: Marie Vandekerckhove, Christian von Scheve, Sven Ismer, Susanne Jung, Stefanie Kronast (eds.): Regulating Emotions, Culture, Social Necessity, and Biological Inheritance. Hoboken 2008. p. 47.

2 "They reported a median viewing time of 17 seconds (mean of 27 seconds)." In: David Brieber, Marcos Nadal, Helmut Leder, Raphael Rosenberg (eds.): Art in Time and Space: Context Modulates the Relation between Art Experience and Viewing Time. In: PLoS ONE, Edited by Luis M. Martinez. vol. 9, issue 6, 2014.

Käthe Wenzel / Lisa Glauer

Jellibelly Bauchpinsel-Service
Marktforschungs-Fragebogen mit Auswertungs-
diagrammen, Service-Team-T-Shirts, Doku-Video,
maßgefertigtes Ausstellungsmöbel, Website www.
Jellibelly.net. 2005-09.

Jellibelly Ego-Stroking Device
Marketing survey questionnaire and evaluation, service
team T-shirts, documentary video, custom made
display shelving, website www.Jellibelly.net. 2005-09.

Jellibelly Bauchpinselmaschine, tragbar
Ziegenhaarpinsel, Kunststoffgehäuse, oszillierender
Ventilatormotor. 2005.

Jellibelly Ego Stroking Device, portable
Goat hair brush, plastic casing, fan motor with oscillation
mechanism. 2005.

Jellibelly Bauchpinselmaschine, Standversion
Pinsel, Kunststoffgehäuse, oszillierender Ventilatormotor.
Münzsteuerung, Webcam, MDF-Gehäuse. 2006-8.

Jellibelly Ego Stroking Device, vending machine
Brush, plastic casing, fan motor with oscillation mechanism, coin operator, webcam, MDF-housing. 2006-8.

Käthe Wenzel
No Machine
Modifizierter Kondom-Automat, handgefertigte
Schachteln mit wiederverwendbarer No Card und
Gebrauchsanweisung. 85 x 42 x 19 cm. 2017.

Käthe Wenzel
No Machine
Modified condom vending machine, handmade
cardboard boxes with re-usable No Card and using

Heute schon gebauchpinselt? Die *Jellibel-ly-Bauchpinselmaschine* hilft bei der Erzeu-gung von Wohlbefinden und der Erhöhung des Selbstwertgefühls.
Beliebte Einsatzgebiete sind Jobsuche, Akquise und Kundenpflege. Lassen Sie sich pinseln oder pinseln Sie selbst – für Personen in Füh-rungspositionen ist der Bauchpinsel-Service ebenso unverzichtbar wie für Menschen in prekärer Beschäftigung.

Die *Jellibelly- Bauchpinselmaschine* besteht aus einem elektrischen Schwenk- Pinsel, angeboten von einem Service-Team. Die fixe Standversion wird per Münzeinwurf aktiviert und erlaubt die Einsparung des Teams. Da-zu gehört eine zeitgleiche Videoprojektion des gepinselten Bauches an die Wand und Einsicht in die per Umfrage gesammelten Statistiken und Akten.

Did you stroke anyone's ego today? The *Jellibelly Ego-Stroking Device* enhances wellbeing and self-esteem. Preferred areas of application are job search, client acquisi-tion, and customer services. Let your ego be stroked or stroke it yourself – for persons in positions of power and responsibility, the belly-stroking service is as indispensable as it is for people in precarious work situations.

The *Jellibelly Ego-Stroking Device* consists of an electrical device with a brush arm and is administered by a team of service employees. The freestanding version is coin-operated, reducing labor costs and maximizing gains. While being stroked, the belly in question is projected onto the adjacent wall, making the strokee visible while the brush is being applied. The results of our ongoing marketing research are available in folders on display.

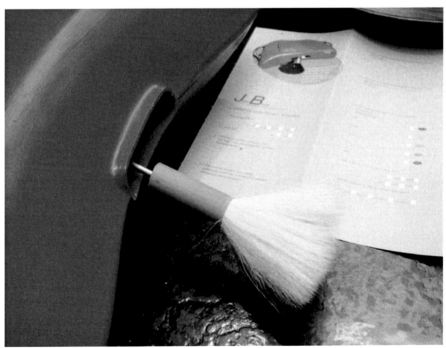

Die *Bauchpinselmaschine* funktioniert als mechanisches Vermittlungsgerät. Im Tierreich übliche Gesten wie Kauern oder Schwanzwedeln ersetzt die *Bauchpinselmaschine* menschliche Formen verbaler Diplomatie durch eine mechanisierte Transaktion. Sie gibt vor, komplexe Verhandlungssituationen durch Mechanik vereinfachen und durch Maschine-zu-Haut-Kommunikation entschärfen zu können. Als Körper-zu-Körper-Apparat ermöglicht sie angeblich eine „saubere", unemotionale Kommunikation – während sie gleichzeitig die Aufmerksamkeit auf die beteiligten Körper der Pinselnden und der Gepinselten lenkt.

Während vor allem Befragte über 45 das Bauchpinseln tendenziell als Manipulationsversuch empfanden, schienen Teilnehmer*innen zwischen 25 und 35, die offensichtlich freien Tätigkeiten nachgingen, bauchpinselnde Kontaktarbeit als selbstverständlich zu betrachten.
Die unterschwellige erotische Dimension der *Bauchpinselmaschine*, die auch die Form des Standmodells beeinflusst hat, wurde häufig kommentiert. Eine Journalistin brachte es auf den Punkt: „Wo beginnt die Prostitution?"

Ein Pendant zur Bauchpinselmaschine bietet Wenzels *NoMachine*, die gegen Einwurf von 2 Euro praktische, wiederverwendbare *No-Cards* inklusive Gebrauchsanleitung ausgibt: „Vermeiden Sie Konflikte, bevor sie entstehen!"

The *Ego-Stroker* is a mechanical mediation device. Animal gestures such as crouching or tail-wagging, or human forms of verbal diplomacy, are replaced by a mechanized transaction. The *Ego-Stroking Device* pretends to simplify complex negotiations by mechanization, and by replacing them with machine-to-skin-communication. As a body-to-body-connector, it promises "clean" unemotional communications – while bringing exactly these bodies, the stroker's and the strokee's, back into focus

While participants of our survey above the age of 45 tended to view ego-stroking as manipulative, participants between 25 and 35, generally freelancers, tended to consider ego-stroking a form of inevitable and necessary networking. The underlying erotic dimension of the *Belly-Stroking Machine* which influenced the shape of the freestanding model, was often commented on. One journalist put it in a nutshell: "Where does prostitution begin?"

A complimentary function is provided by Wenzel's *NoMachine*, a vending machine that in exchange for a 2-Euro-coin dispenses practical, reusable *No-Cards* plus instructions for use: "Avoid conflicts before they begin!"

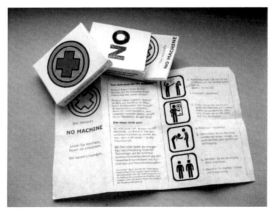

Anna Dumitriu

Anna Dumitriu
Hypersymbiont Enhancement Salon
(Hypersymbiontischer Aufwertungs-Salon). Performance mit Mikroskop und Präparatträgern mit Bakterien, Staub, Erde, Kostüm, Requisiten und Papieren. Dimensionen variabel. 2012.
In Zusammenarbeit mit dem Wissenschaftler Prof. Dr. John Paul, Public Heath England.

Anna Dumitriu
Hypersymbiont Enhancement Salon
Performance with microscope and slides of bacteria, dust, soil, costume, props and papers. Variable dimensions. 2012.
In collaboration with scientist Prof. Dr. John Paul, Public Heath England.

Anna Dumitriu und Alex May
My Robot Companion
(Mein Roboter-Begleiter). Gehacktes Vintage Mannequin, Elektronik, Computer, Lautsprecher. 150 x 50 x 50 cm. 2010-.
In Zusammenarbeit mit den Wissenschaftler*innen Professor Kerstin Dautenhahn und Dr. Michael L. Walters von der Adaptive Systems Research Group, Abteilung für Computer-Wissenschaften an der University of Hertfordshire.

Anna Dumitriu and Alex May
My Robot Companion
Hacked vintage mannequin, electronics, computer, speakers. 150 x 50 x 50 cm. 2010-.
In collaboration with scientists Professor Kerstin Dautenhahn and Dr. Michael L. Walters from the Adaptive Systems Research Group, Department of Computer Science at the University of Hertfordshire

Der *Hypersymbiont Enhancement Salon* (Hypersymbiontischer Aufwertungs-Salon) verwendet das Format der Schönheitsberatung um darzulegen, wie unsere harmlose Darmflora durch gezielte Aufwertung menschliche Super-Organismen hervorbringen könnte – mit besserem Aussehen, besserer Gesundheit und sogar besserer Persönlichkeit – und zwar durch eine aktive Kolonialisierung durch Hypersymbionten: Bakterien, die nicht nur zufrieden auf und in unseren Körpern mit uns koexistieren, sondern die uns aktiv verbessern.

Bis jetzt haben wir uns auf natürliche Weise gemeinsam mit unseren Bakterien entwickelt, aber neue Technologien versetzen uns in die Lage, diese bakteriellen Symbionten nicht nur zu verstehen sondern "Hypersymbionten" zu entwickeln, und unsere eigene Evolution auf Zellebene voran zu treiben.

The *Hypersymbiont Enhancement Salon* uses the format of a beauty consultation to demonstrate and discuss the potential ways in which our harmless bacterial flora could be enhanced to create human superorganisms (with better appearances, better health and even better personalities) through our active colonisation with hypersymbionts; bacteria that not only happily co-exist on and inside our bodies, but which actively improve us. We have naturally co-evolved with bacteria but now, through new technologies, we are starting to have the power to understand and enhance these bacterial symbionts and develop 'hypersymbionts' so that we may actually begin to drive our own evolution at a cellular level.
Participants joined Anna for a consultation to find out about the potential benefits and risks of this new paradigm for human enhancement. The

Die Teilnehmer*innen ließen sich von Anna beraten, um mehr über die möglichen Vorteile und Risiken dieses neuen Paradigmas menschlicher Aufwertung zu erfahren. Der *Hypersymbiont Enhancement Salon* führte zu Diskussionen rund um die komplexe Beziehung zu unseren Bakterien (pathogenen und nicht-pathogenen), inklusive Gesprächen über die (viel diskutierte) Verbindung von Tuberkulose und Kreativität.

My Robot Companion (Mein Roboter-Begleiter) ist ein laufendes Projekt zu Robotik und künstlicher Intelligenz. HARR1 (Humanoid Art Research Robot 1/Humanoider Kunstforschungs-Roboter 1) dient Anna Dumitriu und Alex May als robotische Forschungsstation, die in Zusammenarbeit mit Prof. Dr. Michael L. Waters und Professor Kerstin Dautenhahn von der Adaptive Systems Research Group an der University of Hertfordshire mit Finanzierung des Arts Council England entstand. Die Arbeit ermöglicht dem Publikum, einen Roboter aus der Nähe zu erleben, der unerwartete Verhaltensweisen an den Tag legt, indem er sich sichtlich langweilt oder sich durch Körpersprache mitteilt. Besucher*innen können sich so über eine ästhetische und ethische Perspektive an das Thema annähern, anstatt sich auf die technische Seite zu konzentrieren.

Hypersymbiont Enhancement Salon involved discussions around the complex relationship we have with bacteria (both pathogenic and non-pathogenic) including conversations which focussed on the (often discussed) relationship of Tuberculosis to creativity.

My Robot Companion is an ongoing art project exploring the field of robotics and artificial intelligence. HARR1 (Humanoid Art Research Robot 1) is Anna Dumitriu and Alexander May's robotic research platform, created in collaboration with Prof. Dr. Michael L. Waters and Professor Kerstin Dautenhahn in the Adaptive Systems Research Group at the University of Hertfordshire with funding from Arts Council England.
The work aims to enable audiences to experience what it is like to be close to a robot and to have that robot behave in unexpected ways, for instance displaying boredom or exhibiting body language. It enables visitors to engage with the issues through an aesthetic and ethical lens, rather than an engineering perspective.

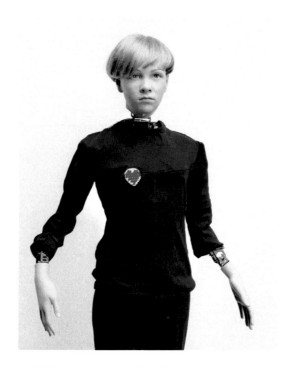

Susanna Hertrich

Jacobson's Fabulous Olfactometer
Gerät in Acrylhaube, Mixed Media: Leder, Aluminium, Blech, Acryl, Plastik, Motoren, elektronische Bauteile, Mikrokontroller, Batterie. 38 x 38 x 38 cm. 2014-15.
Fotografie: Lambda-Abzug auf Fuji Crystal DP II 30 x 30 cm, Rahmen 42 x 42 cm.

Brighter Than A Thousand Suns
Video: Single Channel Full HD, stereo, 15 Min. 15 Sek. *Fotografien* variabel. *Gerät:* Mixed Media: Kupfer, Acryl, Plastik, Stoff, elektronische Bauteile, Mikrokontroller, Geigerzähler. Ca. 90 x 20 x 20 m.
Steuerungsbox: Mixed Media: Acryl, Mikrokontroller, Batterie. Ca. 145 x 101 x 62 cm.
Helm: Mixed Media: Acryl, Plastik, Stoff, LEDs, Leder, Blech. Ca. 40 x 30 x 20 cm. 2016.

Jacobson's Fabulous Olfactometer
Appliance in acrylic bonnet: mixed media – leather, bones, aluminium, motors, electronic components, cable, battery, micro controller, sensors. 38 x 38 x 38 cm. 2014-15.
Photo: Lambda-print on Fuji Crystal DP II 30 x 30 cm, frame 42 x 42 cm. 2014-15.

Brighter Than A Thousand Suns
Video: Single Channel Full HD, stereo, 15 Min. 15 Sek. Photographies of variable dimensions. Appliance: mixed media: copper, acrylic, plastic, fabric, electronic components, cable, contamination meter, micro controller. Appr. 90 x 20 x 20 m.
Control panel: mixed media: acrylic, micro controller, battery. Appr. 145 x 101 x 62 cm. / *Helmet:* Mixed Media: acrylic, plastic, fabric, LEDs, leather, metal. Appr. 40 x 30 x 20 cm. 2016.

„Die Sinnesorgane vermitteln uns nur ein sehr unvollständiges Bild der Außenweltsituation. Wir haben beispielsweise kein Sinnesorgan, das uns die Anwesenheit radioaktiver Strahlung, magnetischer Felder oder von Kohlenmonoxyd festzustellen gestattet." (Karl Steinbuch, 1971)

In meiner künstlerischen Forschung thematisiere ich genau diesen Mangel, indem ich funktionale und fiktionale Geräte und Apparaturen entwerfe, die als „Sinnesprothesen" unser Wahrnehmungsspektrum erweitern sollen. All diesen Projekten ist gemein, dass sie a) durchaus mit einem Nutzungsanspruch entworfen werden und dabei z. B. Erkenntnisse der Psychologie, Verhaltensbiologie, Neurowissenschaft und Haptik berücksichtigen, dennoch b) ihre poetischen und narrativen Qualitäten dabei

Our sense organs provide us with an incomplete impression of the outer world. For example, we lack an organ that allows us to become aware of the presence of radioactive radiation, magnetic fields or carbon monoxide." (Karl Steinbuch, 1971)

In my artistic research, I focus on this shortfall, designing functional and fictitious devices and apparatuses, "sensory prostheses" to extend the realm of our perceptions. All these projects aim at applicability, taking into account findings from psychology, behavioural science, neuro sciences, and haptics, while maintaining poetic and narrative qualities as core qualities, and incorporating a degree of wild speculation. My projects flirt with "technical feasibility" using "artistic-critical" arguments. The pieces are ambiguous, promising apparently new (technological) solutions

das Hauptanliegen sind, und sie c) zu einem gewissen Grad einer wilden Spekulation entspringen. Diese Projekte kokettieren mit dem „technisch Machbaren" und argumentieren dabei „künstlerisch-kritisch". Diese Arbeiten sind ambivalent, sie scheinen zwar neue (technologische) Lösungen für komplexe Probleme zu versprechen, aber weisen vielleicht noch mehr auf einen Ist-Zustand hin.

Die Inspiration für Jacobson's *Fabulous Olfactometer* ist das vomeronasale Organ, das vielen Tieren erlaubt, Chemikalien in der Luft wahrzunehmen. Wird dieser Sinn genutzt, entblößen Säugetiere ihre Oberlippe. Dieses Verhalten ist als „Flehmen" bekannt. In meiner Interpretation eines solchen Sinnesorgans für den Menschen sorgen zwei Sensoren für die Detektion von Luftverschmutzung. Das Gerät verzerrt das Gesicht des Trägers zu einer flehmen-ähnlichen Grimasse, sobald ein Verschmutzungsschwellenwert überschritten wird.

Brighter Than A Thousand Suns beschäftigt sich mit der unsichtbaren radioaktiven Strahlung. Für diese Arbeit wurde eine Art Rüstung entwickelt, die Umgebungsstrahlung misst und als Leuchten eines Helmornaments anzeigt. Ein 2016 in Fukushima gedrehter Kurzfilm zeigt einen in der Rüstung gewandeten Protagonisten, der die verwaisten Landschaften in der Nähe der AKWs erkundet.

to complex problems, while stubbornly pointing at actual conditions.

Jacobson's *Fabulous Olfactometer* was inspired by the vomeronasal organ that allows a number of animals to perceive airborne chemicals. When activated, mammals bare their upper lip. This is called "flehmen". In my interpretation of such an organ for human use, two sensors detect air pollution. The device pulls the wearer's face into a flehmen-like grimace as soon as the pollution exceeds a certain threshold.

Brighter Than A Thousand Suns focuses on invisible nuclear radiation. For this piece I developed a kind of armour that measures ambient radiation and indicates its degree through the illumination of a helmet ornament. A short film made in Fukushima in 2016 shows a young man clad in this armour, exploring the deserted landscape around the nuclear power plants.

Malte Bartsch

Time Machine
Thermodrucker, Knopf, Person, Zeit. 25 cm× 31 cm
× 13 cm. 2013- .

Time Machine
thermo printer, button, person, time. 25 cm× 31 cm
× 13 cm. 2013-.

Warm Up!
Heizkörper, Kupferrohrsystem, Lagerfeuer, Holz. 2013.

Warm Up!
Heaters, copper tubing, campfire, wood. 2013.

Maschinen haben sonderbar menschliche Züge und gleichzeitig sonderbar befremdliche Züge. Von Menschen geschaffen, folgen sie einer Logik, beschweren sich jedoch nicht über monotone Handlungen. Wahrscheinlichkeiten und rationale Abwägungen beschränken ihre Entscheidungsfähigkeit, es fehlt ihnen an Bauchgefühl. In der Interaktion mit Maschinen und Automaten stellen sich Fragen zu Menschlichkeit und Entscheidungsfähigkeit. Meine Automaten schaffen Bedingungen für eine Skulptur, beziehen Betrachter*innen / Benutzer*innen mit ein und spiegeln Entscheidungen und Entscheidungsprozesse ihrer Außenwelt.

Time Machine druckt einen Kassenzettel, so lange ein roter Knopf mit der Aufschrift „Press" gedrückt wird. Der Kassenzettel, ein Alltagsprodukt des Geldtransfers, bescheinigt die gedrückte Zeit. Unklar bleibt, ob die *Time Machine* Zeit nimmt oder gibt. Unten auf dem Kassenzettel wird sich freundlich bedankt, der Kassenzettelschlitz blinkt kurz auf und die Situation ist wie vorher. Jeder dieser Kassenzettel ist ein Unikat. Der Ort, die Zeit und eine fortlaufende Nummer halten die Momente fest, schaffen einen Moment. Die Maschine druckt Kunstwerke so lange und so oft man will.

Machines possess strangely human qualities, as well as strangely alien qualities. Manmade, they follow a certain logic, never complaining about monotonous actions. Probabilities and rational quantification limit the range of their ability to make decisions, and they lack intuition. Interaction with machines and automata raises questions about humanity and decision processes. My automata create the conditions for a sculpture, engage the spectators/users and reflect decisions and decision processes in the outside world.

Time Machine prints out a receipt for the length of time a red button with the inscription "press" is being pressed. The receipt, an everyday object, certifies the length of „pressing time". It is not clear, whether the machine is taking or giving time. Printed at the end of the receipt is a friendly phrase of thanks, the receipt slot lights up shortly, and everything is as before. Each receipt is one of a kind. Place, time, and a serial number fix moments, and create a moment. The machine prints out works of art as often an das long as you want.

Warm Up! explores the mechanization of households. Continuously available heat,

***

Leipziger Strasse 63
10117 Berlin

09-08-2014
13:26:20

	sec
button pressed	05
button pressed	05
button pressed	05
button pressed	05
button pressed	05
button pressed	04
TOTAL TIME	29

** Thanks for your visit! **

+++++
This receipt is a work of art and a
certificate of authenticity.

No 1476
+++++

time registered
please keep receipt

***

Vitamin Creative Space
29 Hao, HengYiJie
510300, Guangzhou

14-01-2014
15:56:32

	sec
button pressed	05
button pressed	05
button pressed	05
button pressed	05
button pressed	05
button pressed	05
button pressed	05
button pressed	05
button pressed	05
button pressed	05
button pressed	01
TOTAL TIME	51

** Thanks for your visit! **

+++++
This receipt is a work of art and a
certificate of authenticity.

No 25
+++++

time registered
please keep receipt

Warm Up! beschreibt den Einzug der Maschinen in die Haushalte, die Mechanisierung der Haushalte. Die ständig verfübare Wärme der Zentralheizung schaltet den Winter in einen weiteren Sommer um. Wir drehen an einer Heizung und es wird warm – entfremdet von der Quelle der Energie. Man stelle sich ein Produktionsband bei Volkswagen vor, an dem sich alle so langsam bewegen wie in den Winterszenen in alten russischen Filmen, wie in einer Straßenszene in Slow Motion. Ein Lagerfeuer außerhalb der Galerie erwärmt im Inneren eine aus Heizkörpern gestapelte Skulptur und den Raum der Galerie. Die Installation *Warm Up!* schafft eine Wärme, deren Ursprung – ein analoges Lagerfeuer im Außenraum – klar erkennbar ist.

generated by central heating, makes winter into another summer. We turn on the heating and it becomes warm – we are estranged from the source of energy. Imagine a Volkswagen assembly line, where everybody is moving as slowly as in a winter scene from an old Russian movie, or in a street scene in slow motion. A campfire outside the gallery warms up a sculpture of stacked heaters on the inside. The installation *Warm Up!* creates heat whose origin – an analog campfire outside – is obvious.

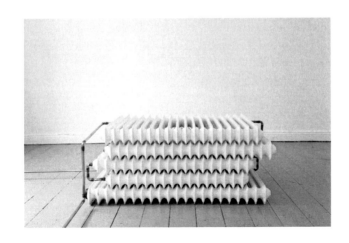

Courtney Johnson

Reinforcements (Aussteifungen)

Reinforcements

Electro Shock Full Body Muscle Stimulator; Mass Controller; Vitality Extender
(Ganzkörper-Elektroschock-Stimulator; Massenkontrollgerät; Vitalitäts-Erweiterer). Cyanotypie. 12,7 x 17,78 cm. 2008.

Electro Shock Full Body Muscle Stimulator; Mass Controller; Vitality Extender
Cyanotype. 12,7 x 17,78 cm. 2008.

3-Chemical Dispenser with Spinal Entry
(3-Chemikalien-Spender mit Rückenmarkseingang). Cyanotypie. 12,7 x 17,78 cm. 2007.

3-Chemical Dispenser with Spinal Entry
Cyanotype. 12,7 x 17,78 cm. 2007.

3-Chemical Dispenser with External Mixing Chamber and Naval Entry
(3-Chemikalien-Spender mit außenliegender Mischkammer und Nabeleingang). Cyanotypie. 12,7 x 17,78 cm. 2007.

3-Chemical Dispenser with External Mixing Chamber and Naval Entry
Cyanotype. 12,7 x 17,78 cm. 2007.

Waste-Fueled Aerial Transportation with Spinal Support
(Abfallbetriebenes Luftfahrtsgerät mit Rückenmarkstütze). Cyanotypie. 12,7 x 17,78 cm. 2008.

Waste-Fueled Aerial Transportation with Spinal Support
Cyanotype. 12,7 x 17,78 cm. 2008.

3-Chemical Dispenser with Saphenous Vein Entry
(3-Chemikalien-Spender mit verstecktem Venen-Zugang). Cyanotypie. 12,7 x 17,78 cm. 2008.

3-Chemical Dispenser with Saphenous Vein Entry
Cyanotype. 12,7 x 17,78 cm. 2008.

Die *Reinforcements (Aussteifungen)* sind eine Serie von Zeichnungen, Werbeanzeigen für fantastische, futuristische Erfindungen, die von mittelalterlichen Foltermaschinen inspiriert sind. Die Apparate zur „Körper-Optimierung" parodieren gegenwärtige gesellschaftliche Ideale. Ich möchte, dass die Betrachter*innen den Schmerz und das Unbehagen wahrnehmen, die das Tragen dieser Vorrichtungen mit sich bringen muss – obwohl sie funktional, vorteilhaft, und sogar begehrenswert erscheinen.

Das fotografische Verfahren der Cyanotypie war die früheste Form der Blaupause in der

My *Reinforcements* series are drawings of advertisements for imagined futuristic inventions inspired by medieval torture machines. The "body enhancement" apparatus parody current societal aspirations. I want the viewer to recognize the pain and discomfort of wearing the contraptions, which at the same time seem functional, advantageous, and even desirable.

The cyanotype photographic process is the earliest form of architectural blueprint. Since the *Reinforcements* are designs for technology that do not, but could, exist, a blueprint

1 Sozio-emotionale Dienste
Socio-emotional Services

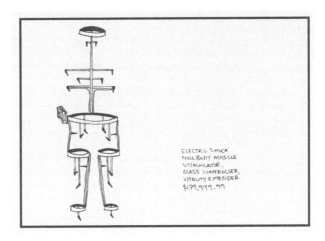

ELECTRO SHOCK
FULLBODY MUSCLE
STIMULATOR,
MASS CONTROLLER,
VITALITY EXTENDER
$199,999.99

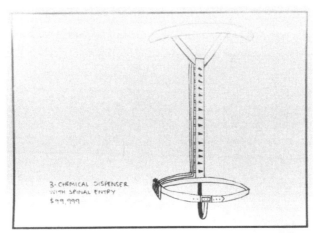

3- CHEMICAL DISPENSER
WITH SPINAL ENTRY
$99,999

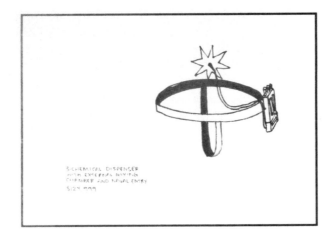

3-CHEMICAL DISPENSER
WITH EXTERNAL MIXING
CHAMBER AND NAVAL ENTRY
$124,999

Architektur. Da die *Reinforcements* Entwürfe für Technologien sind, die nicht existieren, aber existieren könnten, liefert die Blaupause die perfekte Überschneidung zwischen futuristischer und historisch-zweifelhafter Wissenschaft.

Während Technik zunehmend unsere Körper und unsere Umwelt durchdringt, bleibt es unklar, inwieweit die Menschen bereit sind, auf technische Annehmlichkeiten zu verzichten, selbst auf solche, die Gesundheit und Privatsphäre gefährden. Über die letzten zehn Jahre, seit er Entstehung der *Reinforcements*, ist die Technik noch invasiver geworden, und trotzdem scheint ihre Attraktivität größer denn je zu sein. Je mehr die Technologie sich entwickelt, desto weniger scheinen die Menschen mögliche Folgen in Frage zu stellen oder auch nur Zeit zu haben, sich darüber Gedanken zu machen. Ein konstanter Fluss von Informationen füllt den Raum auf, in dem früher das Denken stattfand.

Im Wettlauf darum, besser als menschlich zu werden, bieten die *Reinforcements* den Konsument*innen das ultimative Produkt. Die *Reinforcements* ermöglichen durch Medikation und externe Technik, den eigenen Körper zu vernachlässigen. Anwender*innen der *Reinforcements* können sich den Luxus selbstgefälliger Gleichgültigkeit leisten. Die *Reinforcements* emöglichen endlich das, was das Ziel der Technisierung zu sein scheint – dem Mensch-Sein zu entkommen.

evokes the ideal cross between futuristic and historically dubious science.

As technology continues to infiltrate our bodies and environment, it remains unclear to what extent people are willing to refrain from the conveniences technology offers, even as it jeopardizes our privacy and health. Over the last ten years since *Reinforcements* were made, technology is more invasive, yet seems at peak appeal to consumers. The more technology develops, the less people question the repercussions and have time to care. A constant flow of information fills the void where thinking used to exist.

In the consumer's quest to be better than human, *Reinforcements* are the ultimate purchase. *Reinforcements* allow consumers to neglect their bodies through medication and external technology. The user of *Reinforcements* is afforded the luxury of complacency. *Reinforcements* achieve what appears to be the goal of technology—to escape humanity.

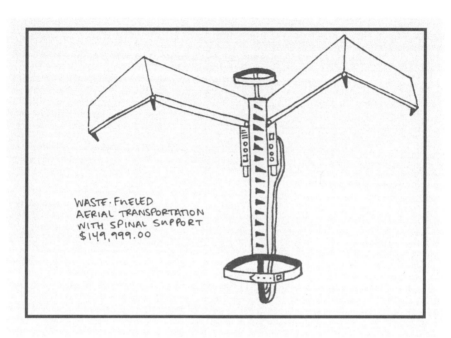

WASTE·FnELED
AERIAL TRANSPORTATION
WITH SPINAL SUPPORT
$149,999.00

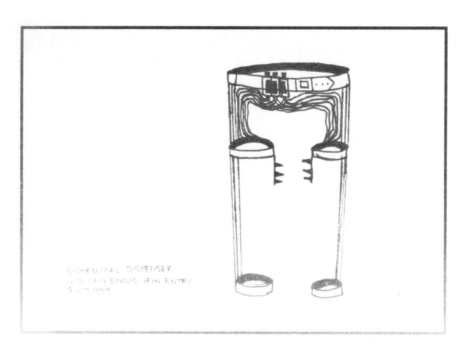

BICHEMICAL DISPENSER
WITH SAPHENOUS VEIN ENTRY
$169,999

KAPITEL 2

Maschinen-Umgebungen und künstliche Organismen

Um das Thema Raum und Ersatz kreisen auch die Apparaturen und Anordnungen des zweiten Kapitels: Sind die Maschinen des ersten Kapitels dazu gedacht, Löcher im sozialen Gewebe zu füllen – oder durch ihr Scheitern noch mehr darauf hinzuweisen – , so bieten die Maschinen des zweiten Kapitels Ersatz oder Schein-Ersatz für die katastrophalen Verluste der natürlichen Umwelt und der verschwindenden Spezies. Künstliche Maschinen-Umgebungen und Welten reichen von der Dokumentation der alltäglichen, lebensnotwendigen Verschmelzung von Mensch und Maschinenumgebung im Krankenhaus (Lee) über simulierte Matrix-Räume (Choi) bis zum Pflanzen-Labor (Anker), das die bereits stattfindende Realität von massenproduzierten Pflanzen unter Kunstlicht im Innenraum spiegelt. Biologische Forschung, die unter komplett künstlich erzeugten Bedingungen im Weltraum stattfand, liefert die Vorraussetzungen für eine Nahrungsmittelproduktion auf der Erde, die wie in einer Raumkapsel abläuft, und die natürliche Umwelt zum lebensfeindlichen Außenraum erklärt.

Gleichzeitig greifen die gesammelten Arbeiten das technologische Heilsversprechen auf: Sie schaffen visionäre Ersatzräume wie die Wasserstoff-Insel (PSJM), spielen am Modell die Gesetzmäßigkeiten einer unendlich erfindungsreichen Evolution durch (Sommerer/Mignonneau). Sie thematisieren das scheinbaren Versprechen der synthetischen Biologie, den Verlust der Arten durch die Schaffung neuer Organismen zu heilen (Wenzel), und eröffnen spekulative Realitäten in Dialog und körperlicher Symbiose mit Maschinen (Levasseur).

Machine-Environments and Artificial Organisms

Apparatuses and expeiments in the second chapter revolve around the issues of space and substitute: While machines in the first chapter are filling gaps in the tissue of society – or, by failing to do so, highlighting them – , the machines in chapter two offer substitutes or fake substitutes for the catastrophic losses of vanishing species and natural environment.

Artificial machine environments and worlds range from those that document the vital, everyday fusion of human and machinized environment at the hospital (Lee), to simulated walk-in matrix-spaces (Choi) and plant-labs (Anker) that mirror the already ongoing reality of mass-produced plantlife growing inside, under artificial lights. Biological research taking place under entirely artificial conditions in outer space is providing the impetus for the production of food on earth in spaceship-conditions, in which the the natural outside environment is redefined as a hostile outer space.

At the same time, the works presented here reference the technological promises of salvation: They create visionary substitute environments like the Hydrogen Island (PSJM), demonstrate the laws of an endlessly inventive evolution in the form of a computer game (Sommerer/Mignonneau), discuss the apparent promise of synthetic biology to reverse the loss of species by creating new organisms (Ginsberg, Wenzel), or open up speculative realities in dialog and bodily simbiosis with machines (Levasseur).

Lee | PSJM | Wenzel | Sommerer/Mignonneau | Anker| Choi | Levasseur

Jinyoung Lee

Poliklinik
C-Prints. 87.5 x 109.5cm. 2006.

Polyclinic
C-Prints. 87.5 x 109.5cm. 2006.

„Diese Arbeit ist zum Ausgangspunkt für viele Phobien in meinem Unbewussten geworden. Im Krankenhausraum versammeln sich viele Menschen und gehen wieder. Im Krankenhaus ist der Mensch die einzige Natur. Mund und Nase sind von Maschinen umgeben und mit vielen dünnen Röhren verbunden und das Signal blinkt."

Anleitung zu *Poliklinik*
„Warum hast Du so ein Thema zur Diplomarbeit ausgewählt?" oder „aus welcher Motivation?" Wenn man mir diese Frage stellt, zögere ich manchmal mit der Antwort. Weil ich es nicht genau erklären kann.
Deshalb versuchte ich über den Ursprung der Frage rückzukoppeln, wie der Titel *retrace* andeutet.
Vor acht Jahren, als ich in Deutschland ankam, erlebte auch ich zunächst ein Gefühl der Befreiung, wie es die meisten Immigranten am Anfang spüren, und gleichzeitig eine Furcht. Wahrscheinlich wollte ich in dieser Arbeit die Phobie ausdrücken, die es in meinem Unbewussten gibt. Diese erst in Deutschland in der Fremde entstandene Phobie wurde ausgelöst durch das Klingeln des Telefons um 4 oder 5 Uhr spät in der Nacht. Wegen der Zeitdifferenz von acht Stunden zwischen Korea und Deutschland gab es oft irrtümliche Anrufe. Meistens war das die Ursache für das Klingeln. Aber jedesmal, wenn ich einen solchen Anruf bekam, schlug mein Herz

"This piece has become the starting point for many of my unconscious phobias. In a hospital space, people come together and then leave again. In it, humans are the only bit of nature. Mouth and nose are surrounded by machines, connected by thin tubes, and signals are blinking."

Instructions for *Poliklinik*
When I am asked "Why did you pick this subject for your diploma piece?", or "what motivated you?", I often hesitate to answer, because I cannot really explain.
This is why I try to "retrace" the origin of the question, which is also hinted at in the title. When I arrived in Germany eight years ago, I – like many immigrants – first experienced a feeling of freedom and also fear. I probably wanted to express in this piece the phobia lurking in my subconscious. This phobia which developed first in the foreignness of Germany, was regularly triggered by the ringing of the phone at 4 or 5 o'clock in the morning. Because of the eight-hour time difference between Korea and Germany, these calls were often mistakes. But every time I received one, my heart started to beat faster and I got seriously scared of bad news from family or friends.

Such worries about health and death, about my situation as a foreigner negotiating a strange language etc. are no longer unusual

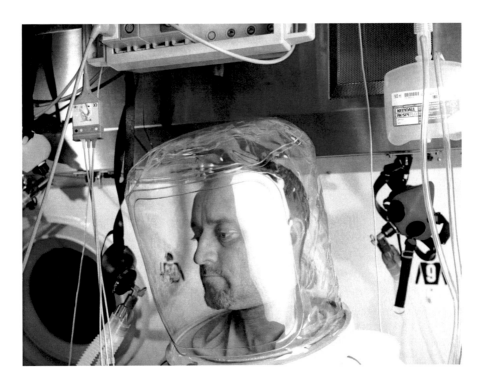

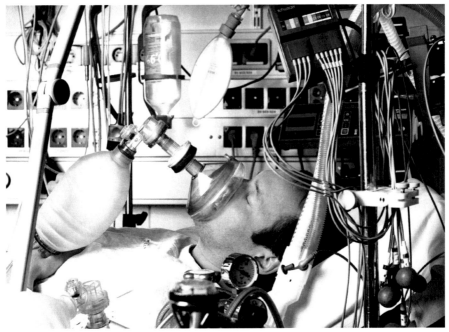

schneller und machte mir wirklich Angst, Angst vor einer schlechten Nachricht von Familie oder Freunden.

Mittlerweile sind solche Sorgen über Gesundheit und Tod, Fremdheitssituation, fremde Sprache usw. nicht mehr nur Phobie, sondern ein Teil des Alltagsleben, das ich nicht vermeiden kann. Daraus läßt sich für mich schließen, dass wir alle Dinge in der Natur vernunftgemäß verfolgen sollen.
Der Raum "Klinik" ist in unserer Zeit ein Ort der Metaphern, an dem wir die Kontrolle über die Gesundheit anderer überlassen, gleichzeitig davor Furcht fühlen, aber beides doch nicht mehr von unserem Leben trennen können. Aus diesen Gründen konfrontiere ich als Beobachterin die Klinik als Metapher für unsere inneren Ängste.

for me; they are simply a part of my everyday life thatI I cannot avoid. For me this means we should deal with everything in nature according to reason.
The space "hospital" is in our time a place of metaphors where we cede control of our health to others, afraid, but unable to separate the one or the other from our life. This is why I, as an observer of the hospital as a metaphor, confront ourselves with our inner fears.

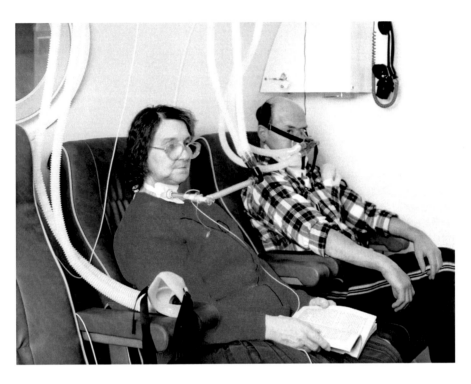

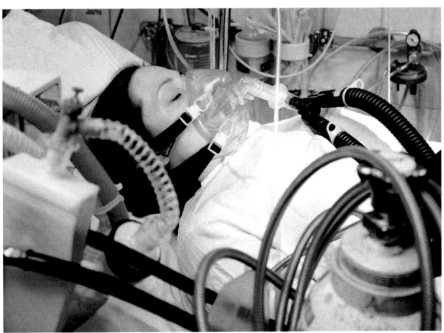

PSJM

The Hydrogen Island (Die Wasserstoff-Insel)

The Hydrogen Island. Interaktives und entropisches Monument, nicht umgesetzt.

The Hydrogen Island. Skulptur, Synthetisierte PA. 35 x 25 x 25 cm. 2010.

The Hydrogen Island. Video, 1'50". 2010.

The Hydrogen Island

The Hydrogen Island. Relational and entropic monument, not realized.

The Hydrogen Island. Sculpture, Synthetized PA. 35 x 25 x 25 cm. 2010.

The Hydrogen Island. Video, 1'50". 2010.

PSJM ist ein Team für Gestaltung, Theorie und Management, bestehend aus Cynthia Viera und Pablo San José. PSJM präsentiert sich als „Kunstmarke" und eignet sich die Verfahren und Strategien des Spätkapitalismus an, um dessen symbolische Strukturen zu unterwandern. PSJM arbeitet in der Regel mit technischen Medien und stellt häufig industriell angefertigte künstlerische Arbeiten aus. Mit *The Hydrogen Island* (Die Wasserstoff-Insel) präsentieren sie ein Großprojekt, in dem aktuelle wissenschaftliche Forschung aus dem Feld der erneuerbaren Energien Hauptbestandteil ist. In Zusammenarbeit mit dem Technologischen Institut der Kanarischen Inseln entwickelten sie Ideen und verwerteten Informationen, was auch ein Bekenntnis zu dem Projekt und ein Bekenntnis zu Ökologie, technischer Forschung und Kunst bedeutete.

The Hydrogen Island ist in verschiedenen Medien entworfen und umgesetzt worden. Am Anfang stand eine Arbeit für den öffentlichen Raum, ein utopisches, interaktives Monument: Ein Wasserstoff-Kraftwerk in Miniatur, kombiniert mit einem kanarischen Garten, einem Teich, einer Ruhezone und einem Konsumbereich.

PSJM is a creation, theory and management team comprised of Cynthia Viera and Pablo San José. PSJM present themselves as an „art brand", thus appropriating the procedures and strategies of advanced capitalism to subvert their symbolic structures. PSJM usually works with technological media, often exhibiting industrially produced works of art. With *The Hydrogen Island,* they presented a major work in which cutting-edge research in the field of renewable energies is an essential component. For the project, they collaborated with the Canary Islands Institute of Technology activating a process involving the exchange of ideas and information, as well as a commitment to the project that also implies a commitment to ecology, technological research and art.

The Hydrogen Island has been produced in various different media. The project starts with a work for public space, a utopian and relational monument: a hydrogen mini power plant, with a Canary Island garden, a pond, a rest area, and a consumer area.

The relationship of meanings established in the project speaks of consumer society, the

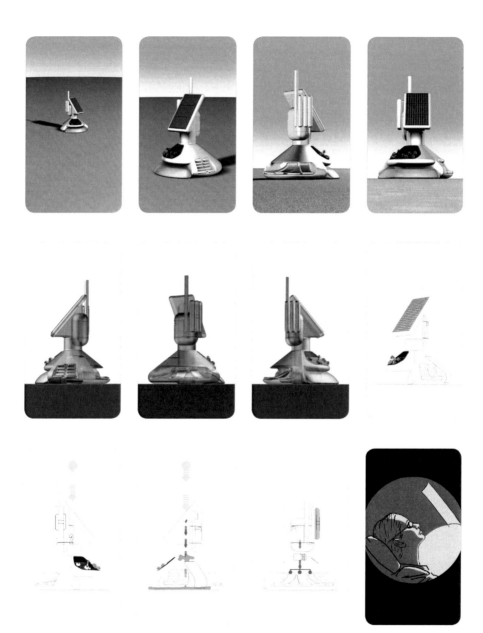

Dadurch entstand ein Geflecht von Bedeutungen, das Aspekte der Konsumgesellschaft thematisiert – Energiekonsum, Informationskonsum, Kulturkonsum, Konsum in Form von persönlichem Luxus und Körperpflege... und in diesem Dialog der Bedeutungen entsteht Ironie. Unsere paradoxe Gesellschaft benötigt riesige Anlagen zur Energieerzeugung, um aktuelle Wünsche zu befriedigen und die Standards des Konsument*innenkomforts zu halten. Unser Lebensstil verlangt nach großflächigen Solaranlagen, die uns ermöglichen, uns unter Kunstlicht zu bräunen.

Das Großprojekt fiel dem historischen Zufall der Finanzkrise zum Opfer, da die staatlich zugesagten Fördermittel nicht eintrafen. Die Arbeit ist seitdem vor allem als Installation gezeigt worden, die aus einer im 3D-Printer hergestellten Skulptur besteht, einem Video mit Musik von Marco Brosolo, aus von japanischen Drucken inspirierten Zeichnungen, und einem von PSJM verfassten Roman.

consumption of energy, the consumption of information, the consumption of culture, the consumption of individual luxury in the taking care of one's body... And it is in this establishment of a dialogue of meanings where irony emerges. Our paradoxical society needs a major energy device to satisfy contemporary desires and to maintain the standards of consumer comfort. Our lifestyle requires an extensive surface area of photovoltaic cells that will allow us to tan trough artificial rays.

This ambitious project suffered the historic contingency of financial crisis. Government funds never arrived. As a result, the work was mainly shown in the form of an installation that consists of a sculpture produced with a 3D printer, a video with original music by Marco Brosolo, some drawings, inspired by Japanese stamps, and a novel written by PSJM.

Käthe Wenzel

Bonebots
Acrylglas, Elektronik, verschiedene Knochen (Waschbär, Koyote, Amerikanischer Rotfuchs). Dimensionen
variabel. 2010.
Foto Bonebots 3: Sas-Yve Trommler

Bonebots
Acrylic, electronics, assorted bones (racoon, coyote,
bobcat). Variable dimensions. 2010.
Photo Bonebots 3: Sas-Yve Trommler

Während ein Artensterben stattfindet, das bereits als Beginn eines neuen Erdzeitalters betrachet wird, diskutieren die Bio Sciences und die Synthetische Biologie rettende Lösungen und Neuschöpfungen von Mensch und Natur. Künstlich designte Arten sollen Lücken schließen oder Bestehendes optimieren: Die verschwindenden Bienen werden schon jetzt durch Bestäubungsroboter ersetzt; während immer mehr Arten verdrängt werden, finden riesige Investitionen in die Entwicklung von halb-lebenden Maschinen, bio-basierte Technologien und elektro-mechanische Verbesserungen für den menschlichen Körper (Neuro-Enhancement) statt.

Die *Bonebots* sind hybride elektronische Tiere, die traditionelle Kategorien von „Technik" und „Natur" durcheinander würfeln. Halb aus ehemals lebendigen, halb aus synthetischen Materialien, bewegen sie sich als Grinsen auf vier Beinen durch eine dysfunktionale Umwelt. Sowohl als Lebewesen als auch als Maschinen völlig nutzlos, sind sie eine Satire auf die Entwicklungen in der Synthetischen Biologie und die Forschungen an halb-lebende Maschinen. Die „Bonebots" als technisch-organische Hybride sind Lichtjahre entfernt vom tatsächlichen Stand der Forschung an lebenden und halblebenden Technologien.

While an extinction of the species is underway which is already being heraldes as the beginning of a new geological age, Bio Sciences and Synthetic Biology are discussing engineered solutions for the re-creation of nature and humanity. Artificially created species are supposed to replace losses and to optie-xisting species: Just as our vanishing bees, which are now being replaced by miniature pollination robots, more and more species are being pushed into extinction, and huge efforts are invested into the development of semi-living machines, bio-based technologies, and electro-mechanical enhancements for the human body (neuro enhancement).

My *Bonebots* are hybrid electronic animals, confusing traditional categories of "technology" and "nature". Constructed half from formerly living materials, half from synthetic components, they wander through a dysfunctional environment, a four-legged grin. Useless both as animals and machines, they are a clumsy satire, referencing developments in Synthetic Biology and semi-living machines. As technical-organic hybrids, they are a far cry from the reality of living and semi-living technologies.

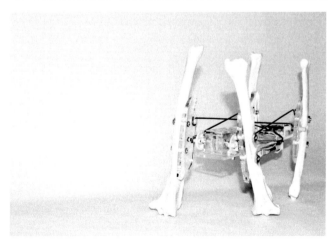

Christa Sommerer / Laurent Mignonneau

Portrait on the Fly
(Interaktive Version), interaktive Installation. 2015.

Portrait on the Fly
(interactive version), interactive installation. 2015.

Life Spacies II
Interaktive Installation. 1999.

Life Spacies II
Interactive installation. 1999.

Virtuelles Leben im Computer zu generieren führt unweigerlich zu der Frage, wie das Leben auf der Erde entstanden ist, und wie es sich von einfachen Einheiten zu immer komplexeren Strukturen und Systemen entwickeln konnte, die den Regeln einer inneren Organisation zu folgen scheinen. Dies ist auch eine zentrale Frage für die neuen "Complex System Sciences."

Creating virtual life on computers ultimately raises the question of how life has emerged on earth and how it could have developed from simpler units or particles into increasingly complex structures or whole systems of structures that seem to follow certain inner rules of organization. This is also the central question in the new "complex system sciences."

Das Life Spacies II-System besteht aus einem graphischen Benutzerinterface (GUI) auf einem Laptop, der auf einem Podium vor einer 4 x 3 Meter großen Projektionsfläche steht. Geschriebener Text, den User*innen dem Systems willkürlich zur Verfügung stellen, wird als genetischer Code verwendet, und unser Text-zu-Form-Editor übersetzt die Texte in dreidimensionale autonome Geschöpfe, deren Körperformen, Verhalten, Interaktionen und Überleben ausschließlich von ihrem genetischen Code und den Eingriffen der User*innen abhängen.

The Life Spacies II system consisted of a graphical user interface (GUI) on a laptop placed on a podium in front of a 4 x 3 meter projection screen. Written text, provided at random by the users of the system, is used as genetic code, and our text-to-form editor translates the written texts into three-dimensional autonomous creatures whose bodies, behaviors, interactions and survival are solely based on their genetic code and the users' interactions.

Sobald ein Text in das linke Fenster des GUI eingegeben wird, erscheint zeitgleich ein entsprechendes Geschöpf im rechten Fenster und auf der Projektionsfläche. Der Text ist der genetische Code des Geschöpfes, er bestimmt dessen Aussehen und Verhalten.

When a text is typed into the left window of the GUI, a corresponding creature immediately appears in the right window of the GUI as well as on the big projection screen in the installation. In addition to creating creatures, users can also "feed" them by releasing text characters into the right window of the GUI. The creatures' constant movement, feeding, mating, and reproduction result in a complex

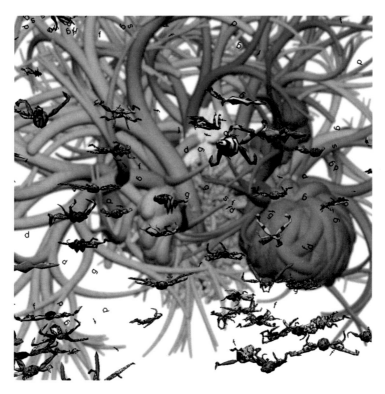

Neben der Erschaffung von Geschöpfen, können die User*innen sie auch „füttern", indem sie Buchstaben ins rechte Fenster des GUI platzieren.

Die ständigen Bewegungen der Geschöpfe, Fressen, Paarung und Vermehrung, erzeugen ein komplexes System von Interaktionen, das Züge einer künstlichen Evolution trägt. Obwohl das Selektionskriterium die Nahrungsaufnahme und die damit einhergehende häufigere Paarung ist, können die User*innen gegensteuern, indem sie langsameren Geschöpfen dabei „helfen" genug Energie zu sammeln und sich ebenfalls zu paaren. Die Entscheidungen der User*innen erzeugen damit ständige Veränderungen und schaffen ein System, das komplexe Interaktionen zwischen den Geschöpfen ebenso ermöglicht, wie zwischen User*innen und Geschöpfen.

Portrait on the Fly besteht aus einem interaktiven Monitor, der einen Schwarm von 10 000 Fliegen zeigt. Sobald jemand vor dem Schirm steht, sammeln sich die Insekten so, dass sie seine/ihre Gesichtszüge und Körperumrisse erkennbar machen und ein Bild des Individuums erzeugen.

Binnen Sekunden bedecken sie das Gesicht und den Körper, aber schon die leichteste Bewegung vertreibt sie wieder. Die Porträts sind somit ständig im Fluss, sie konstruieren und dekonstruieren sich. Portrait on the Fly ist ein Kommentar auf unsere Verliebtheit ins eigene Bild (Selfie-Culture).

system of interactions that displays features of artificial evolution. Although the selection parameter is to catch food fast and thereby mate more frequently, users can reverse this process by "helping" slower creatures to gain enough energy and mate as well. The users' decisions thus add constant change and create a system that features complex interactions between creatures and between users and creatures.

Portrait on the Fly is composed of an interactive monitor that shows a swarm of ten thousand flies. When a person positions him- or herself in front of it, the insects begin to arrange themselves so that they reproduce his or her features, creating a recognizable likeness of the individual.

Within seconds they invade the face, but even the slightest movement of head or face or body drives them off. The portraits are thus in constant flux, they construct and deconstruct. Portrait on the Fly is a commentary on our love of taking pictures of ourselves (Selfie-Culture).

 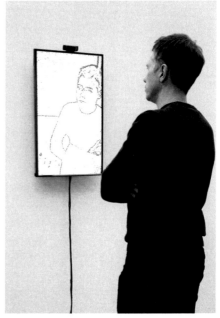

Suzanne Anker

Astroculture (Eternal Return)
(Ewige Wiederkehr). Unter LED-Licht aus Samen gezogene Gemüsepflanzen, galvanisierte Stahlwürfel, Plastik, rote und blaue LEDs, Pflanzen, Wasser, Erde und keine Pestizide. Jeweils 106.65 x 35.65 x 35.65 cm. 2015.

Astroculture (Eternal Return)
Vegetable producing plants grown from seed using LED lights. Galvanized steel cubes, plastic, red and blue LED lights, plants, water, soil and no pesticides. 106.65 x 35.65 x 35.65 cm each set. 2015.

Ansicht der Installation in der Kathedrale Saint John the Divine, NYC, für *The Value of Food*, 2015.
Foto: Raul Valverde

Installation view at *The Value of Food*. The Cathedral Church of Saint John the Divine, NYC. 2015.
Photo: Raul Valverde

Astroculture (Shelf Life)
(Ablage-Leben). Inkjet print auf Hahnemühle-Papier. Jeweils 60.96 x 91.44 cm. 2009.

Astroculture (Shelf Life)
Inkjet print on Hahnemühle paper. 60.96 x 91.44 cm each. 2009.

Astroculture, eine lebende in-situ-Installation, ist historisch mit Terrarien und Wunderkammern verwandt. Zugleich ist sie ein Verweis auf das aktuelle Programm der NASA. Wie reagieren Pflanzen auf Veränderungen der Schwerkraft? Was passiert zum Beispiel mit Saat, die im Weltraum wächst?

Dies erforscht das NASA Space Product Development Program. Das erste, 2001 in einer internationalen Raumstation installierte Gewächshaus hieß passenderweise „Advanced Astroculture™".[1] Der Japanische Astronaut Satoshi Furukawa züchtete auf seiner Odyssee im Weltraum Gurken. Er fand heraus, dass „am Boden beim Keimen nur ein einzelner Spross ensteht, aber in der Mikrogravitation zwei."[2] Seine spezielle Recherche befasst sich mit dem Pflanzenhormon Auxin, das das Wachstum der Pflanze bestimmt. Das Besondere daran ist, dass unser gesamtes Wissen über Botanik sich im Weltraum alternativ umformt.
Während mehr und mehr Pflanzen in Innenräumen wachsen, verändern neue Technologien

Astroculture, an in situ living installation is historically similar to both a terrarium and a Wunderkammer. However, currently the piece is a reference to NASA's ongoing space program. How do plants respond to changes in gravity? What happens to seeds, for example, when they are grown in space?
NASA's Product Development Program is exploring these possibilities. The first growth facility installed in 2001 at the International Space Station was aptly named Advanced Astroculture™.[1] Japanese astronaut Satoshi Furukawa grew cucumbers in space as part of his odyssey. In relation to seed sprouting, what he found was that "on the ground only one peg is made at the time of germination, but under microgravity two pegs were made."[2] His specific research delves into the plant hormone auxin, which controls plant growth. What is extraordinary is that everything we know about botany is alternatively refigured in outer space. As more and more plants are grown indoors, new technologies are also reconfiguring our concepts about farming, tissue culturing and hydroponics.

unsere Auffassungen von Landwirtschaft, Gewebezucht und Hydrokultur.

Meine Arbeit *Astroculture* (2009, 2015) besteht aus Pflanzkammern aus Materialien aus dem Baumarkt. Jeder Satz von Kammern umfasst mehrere Würfel aus galavanisiertem Stahl mit eingebautem LED Panel. In die Würfel wurden Plastikschalen mit Torftabletten und Gemüsesaat eingesetzt. Wie bei einer russischen Matrjoschka gibt es ein inneres Stecksystem, das für optimale Umweltbedingungen sorgt. Über mehrere Tage hinweg begannen die Pflanzen zu sprießen, trieben Ranken, Blätter und Blüten, um schließlich grüne Bohnen und Erbsenschoten zu tragen.

Es wurden keinerlei Pestizide verwendet, und die Pflanzen wurden regelmäßig gewässert. Überraschenderweise sahen sie fuchsienrot aus, obwohl sie grün waren. Die glühenden LEDs luden den Raum elektrisch auf und bewiesen, dass man in jedem noch so lichtarmen New Yorker Apartment Pflanzen anbauen kann.

Sie tragen das fuchsienrote Leuchten wie eine Maskerade, während sie eine "neue grüne Bewegung" einläuten, inklusive geringem CO2-Ausstoß und frei von giftigen Chemikalien.

Die Photographien wurden mit keinerlei Software bearbeitet – die Bilder fangen "flüssiges Licht" ein, eine Serie glühender Illusionen.

In my work *Astroculture* (2009, 2015), plant chambers were constructed from off-the-shelf components. Each set consisted of galvanized metal cubes with an inset LED panel. Placed inside the cubes were plastic dishes supporting peat pods implanted with vegetable seeds. Like Russian dolls, there is an internal stacking at play which maintains optimum environmental conditions. Over a period of days the plants began to sprout, forming vines, leaves and flowers, and finally string beans and peas. There were no insecticides employed, and the plants were watered on a regular basis. Surprisingly, although the plants appeared to be fuchsia-colored, they were, in fact, green. The glowing LEDs electrified the space while manifesting the possibility of growing herbs even in any New York City light-deprived apartment.

One can say these fuchsia radiances are in masquerade as they herald in the "new green," complete with low carbon footprints and exempt from poisonous chemical agents. The photographs of the piece were not manipulated with any software programs. Their images captured the feeling of "liquid light", a set of glowing illusions.

1   Zhou u. a., "Performance of the Advanced ASTROCULTURE Plant Growth Unit During ISS-6A/7A Mission," SAE Technical Paper, 7. Juli 2002.

2   Space.com, "Green Thumb in Space: Astronaut to Grow Cosmic Cucumbers." 7. Juni 2011

Jeongmoon Choi

Birdcage
(Vogelkäfig). Fäden, UV-Licht, Metallrahmen, 140 qm Raum. Dimensionen variabel. 2017.

Birdcage
Threads, ultraviolet light, metal frame, 140 square meters space. Variable dimensions. 2017.

Drawing in Space – Connections
(Raumzeichnung - Verbindungen). Fäden, UV-Licht, 90 qm Raum. Dimensionen variabel. 2016.

Drawing in Space – Connections
Threads, ultraviolet light, metal frame, 90 square meters space. Variable dimensions. 2016.

Drawing in Space – Echo
(Raumzeichnung - Echo). Fäden, UV-Licht, 120 qm Raum. Dimensionen variabel. 2016.

Drawing in Space – Echo
Threads, ultraviolet light, metal frame, 120 square meters space. Variable dimensions. 2016.

Drawing in Space – Reflection
(Raumzeichnung - Spiegelung). Fäden, UV-Licht, 70 qm Raum. Dimensionen variabel. 2015.

Drawing in Space – Reflection
Threads, ultraviolet light, metal frame, 70 square meters space. Variable dimensions. 2015.

Flowing Landscape
(Fließende Landschaft). Fäden, UV-Licht, 150 qm Raum. Dimensionen variabel. 2017.

Flowing Landscape
Threads, ultraviolet light, metal frame, 150 square meters space. Variable dimensions. 2017.

Drawing in Space fordert dazu auf, das konkret Sichtbare imaginär zu ergänzen. Durch das Zusammenspiel von Flächen und Linien einerseits und die Kontrastbeziehung der Perspektiven andererseits entsteht eine einzigartige Raum- und Tiefenwirkung.
Als Pendant zur Farbpalette kommen farbige Fäden als Zeichenmaterial zum Einsatz, mit denen sowohl auf klassische Oberflächen, wie Leinwand, als auch frei im Raum gezeichnet wird. Interessant an den Fäden ist, dass sie einerseits sehr leicht zu zerstören sind, andererseits aber in strukturierten Mustern starke und kraftvolle Verbände bilden. Die Arbeiten erzeugen so eine Spannung, die sich aus den Gegensatzpaaren Kraft und Verwundbarkeit, Sicherheit und Gefahr ergibt.

Konfrontiert mit einer von UV-Licht hervorgehoben Zeichnung im abgedunkelten Raum,

Drawing in Space is a request to imaginatively round out the visible, to complete it in our minds. The interplay of planes and lines on the one side and the contrasting perspectives on the other create a unique impression of depth. Instead of a palette and paints, here we find coloured strings used as a drawing material, used for drawing both on classical surfaces such as canvas and in space. Interestingly, the strings can be broken easily – but create structured patterns, they form strong, powerful formations. My pieces play on the opposites of vulnerability and strength, of security and danger.

In front of a drawing picked out by ultraviolet light in a darkened space, people at first tend to lose their bearings – only to quickly find access to one or several of the manifold vistas, enjoying the new perspectives opening up

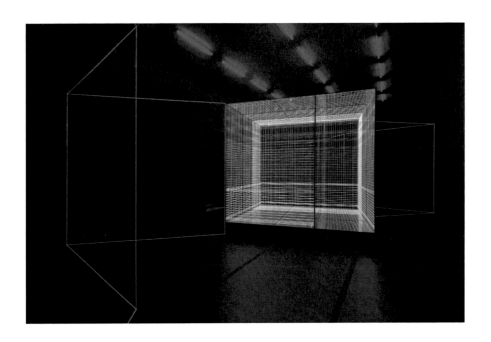

verlieren viele Betrachter*innen zunächst die Orientierung. Schnell finden sie dann aber Zugang zu einer der zahlreichen möglichen Perspektiven und genießen es, sich auf immer neue Perspektiven einzulassen. Dies wird oft als meditativer Zustand beschrieben. Das UV Licht bewirkt, dass der Raum – die die Installation umgebende dreidimensionale Arbeitsfläche – sich auflöst, um einen neuen Raum zu schaffen, der untrennbar mit der Installation verbunden ist.

Dieser Wandel von innen und außen zeigt eine paradoxe Doppelnatur der Raumwahrnehmung auf.

In meinen Arbeiten geht es um den Aufruf zum Dialog im Betrachter zwischen analogen und digitalen „Positionen" und „Wahrnehmungen". Ich möchte einen Prozess bzw. eine Nachforschung über Strukturen, Bewegungen und Perspektiven im Raum anstoßen.

„Drawing in Space" reiht sich thematisch in meinen Arbeitsprozess zu Raum, Schutz und Mensch ein. Hier setze ich mich intensiv mit den Themen Behausung und Natur auseinander. Nachdem ich mich zunächst mit dem Inneren von Räumen beschäftigt habe, gehen meine Arbeiten immer mehr auch in den öffentlichen Raum hinein, in die Betrachtung der Lebensräume von außen.

at every angle. This is often described as a state akin to meditation. The ultraviolet light dissolves the space surrounding the installation and creates a new space, inseparable from the installation. The continuous shift between inside and outside demonstrates the paradoxical double nature of our perception of space.

My pieces are an invitation to enter an internal dialog between analog and digital "positions" and "perceptions". I want to initiate a process, a research into structures, movement, and perspectives in space.

Thematically, *Drawing in Space* is part of my ongoing work about space, shelter, and humanity, an intense exploration of nature and abode. After creating pieces about interior spaces, I am now entering the public realm, examining living spaces from the outside.

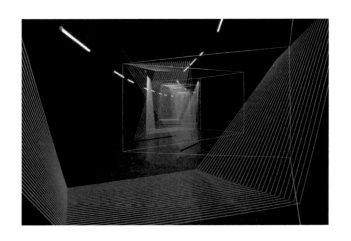

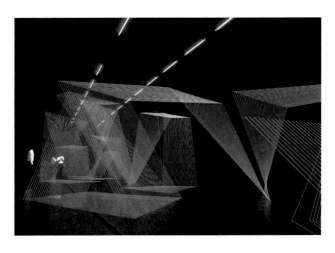

Marie-Eve Levasseur

An Inverted System to Feel (your shared agenda) (Ein seitenverkehrtes System um zu fühlen (Deine geteilte Agenda)). 3D Animation, Klang, Pflanze, Tätowiergerät, auf rückbeleuchtete Paiere gedruckte Visualisierungen, fluoreszierende Möbel-Elemente, Text. Dimensionen variabel. 2016.

An Inverted System to Feel (your shared agenda), 3D Animation, sound, plant, tattoo machine, renderings printed on backlit paper, luminescent furniture elements, text, Variable dimensions. 2016.

#ScienceFiction #Nanotechnology #Posthumanism #ScreenSkinSymbiosis
An Inverted System to Feel (your shared agenda) (Ein seitenverkehrtes System um zu fühlen (Deine geteilte Agenda)) untersucht eine imaginäre Situation, in der die menschliche Haut zum Touchscreen mutiert ist. In diesem spekulativen Zukunftsszenario ermöglichen es Tätowierungen, bei denen fluoreszierende Nanopartikel unter die Haut gebracht werden, Daten auf der Körperoberfläche darzustellen – oder einfach je nach emotionalem Zustand die Farbe der Haut zu wechseln.
Die Fusion der Körperfläche mit der glatten Geräteoberfläche verursacht eine inhaltliche Verschiebung. Anstatt persönliche oder berufliche Informationen auf einem externen Gerät zu speichern, könnten die Menschen die Kontrolle über ihre Daten behalten und hätten innerhalb ihres eigenen Körpers jederzeit darauf Zugriff. Würde es die biologische Struktur des Körpers erschweren, Daten zu hacken?

Auszüge aus dem Script:
MÄDCHEN:
- Nimm die Organe und Anwendungen. Leg sie auf eine flache, elastische Oberfläche. Zeig mir, wie sie glühen, wenn sie sich verbinden.

#ScienceFiction #Nanotechnology #Posthumanism #ScreenSkinSymbiosis
An Inverted System to Feel (your shared agenda) examines a potential situation, in which the human skin would mutate into a tactile screen. In this speculative future, tattooing luminous nanoparticles under the skin of the user would allow to visualize data on the surface of the body, or just to change the colour of the skin according to a certain emotional state. The fusion of the biological surface with the smooth one of the device causes a displacement of content. Instead of storing personal or professional content in an external device, human beings would be able to keep a certain control on their own data, and who can access it by storing it inside of their own bodies. Would the biological structure of a body make it more difficult to hack personal data?

script excerpts:
GIRL:
- Take the organs and applications. Put them on a flat elastic surface.
Show me how they glow when they connect.
Can you feel your agenda?
Vibrations Notification my next meeting.
I have 15 minutes to connect or displace.

I like elasticity.
I prefer to work on
prosthetic skin, the one
that you implant later on
when the particles are
stable.
A skin without its insides,
its organs, is easier to
work with.

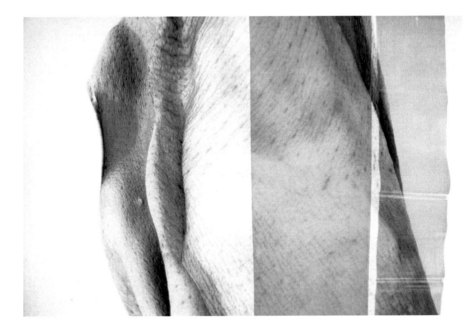

Kannst Du Deine Termine fühlen? Vibrations-Signal, mein nächstes Meeting. Ich habe 15 Minuten Zeit, mich zu connecten oder den Ort zu wechseln.
Werden Daten klebrig, wenn man sie in ein organisches System überträgt?

MUTTER-SYSTEM:
- Ich erinnere mich daran, wie es war, als ich für die Daten zuständig war. Sie waren irgendwo hier. Innen.
Alle. Die sogenannte Menschheit war in mir. Endlose rhizomatische Verbindungen durch mich hindurch.
Kein Schweiß, keine fettigen Falten, keine Kurven und kein Ende. Oder zumindest dachte ich, dass ich nie sterben würde.

MÄDCHEN:
- Naja, meine Arbeit besteht darin, dafür zu sorgen, dass die Informationen in ihnen bleiben, in uns, wer auch immer das sein mag... [...] Jetzt kann der humanimale technohybride Körper seine Privatheit besser kontrollieren. Du entscheidest, welche Informationen Du nach außen fließen lässt, und welche Du in Dir behältst.

Is Data gaining stickiness being muted to the organic system?

MOTHER-SYSTEM:
- I remember when I was in charge of content. It was situated somewhere here. Inside. All of it. The so-called humanity was in me. Endless rhizomatous connections through me. No sweat, no greasy folds, no curves and no end. At least I thought it would never die.

GIRL:
- Well, my work consists of keeping the content inside of them, of us, whoever it might be [...] Now the humanimal technohybrid body is able to control better its privacy. You can choose which content you let flow outside, and which content you keep inside.

KAPITEL 3

Prothesen, Utopische Instrumente und Sinneserweiterungen

Die Arbeiten des dritten Kapitels behandeln das (Heils-)Versprechen der Erweiterung – apparative Erkundungen, die der berauschenden und beängstigenden Fremdheit des eigenen Körpers nachspüren (EXPORT); Geräte, die Welten außerhalb der normalen Reichweite der menschlichen Sinne zugänglich machen und die „Ränder des Wahrnehmbaren" erforschen (Meyer-Brandis, Cunéaz), inklusive der Ränder der Lebenszeit (Friedrich). Maschinelle Übersetzungen verschieben körperliche Grenzen, indem sie neue Wahrnehmungen und Erfahrungen eröffnen (Ergenzinger).

Sie sind utopische Instrumente, die ihre Dystopien in sich tragen (Grewenig); die den Dialog durch und mit den Maschinen eröffnen (Hein) und grundsätzliche Fragen zum technisch verfassten Subjekt und zum Subjekt der Maschine stellen (Schoenberg).

Extensions for the Senses, Prosthesis, and Utopian Implements

The third chapter examines promises of extension (and salvation) – technologies for exploring our bodies' exhilarating and scary foreignness (EXPORT); instruments for accessing worlds outside the normal reach of our senses, and exploring the "borders of perception" (Meyer-Brandis, Cunéaz), including the limits of our lifespan (Friedrich). Machine-translations extend physical boundaries, making possible new perceptions and experiences (Ergenzinger).

They are utopian instruments with a dystopian underbelly (Grewenig), opening up dialogues via and with machines (Hein), asking fundamental questions about the technically conditioned subject and machine subjects (Schoenberg).

EXPORT | Schoenberg | Ergenzinger | Hein/Truniger | Grewenig| Meyer-Brandis | Cunéaz | Friedrich

VALIE EXPORT

The voice as performance, act and body
THE PAIN OF UTOPIA, DER SCHMERZ DER UTOPIE
(Die Stimme als Performance, Akt und Körper).
Performance. Laryngoskop, 4 Monitore, Verkabelung, Notenständer, Text der Performance
. Venedig Biennale 2007.

The voice as performance, act and body
THE PAIN OF UTOPIA; DER SCHMERZ DER UTOPIE
Performance. Laryngoscope, 4 screens, wiring, music stand, performance text. Venice Biennial 2007.

Die widerspenstige Stimme, die gespaltene Stimme,
die Stimme ist Suture, die Stimme ist Naht,
die Stimme ist Schnitt, die Stimme ist Riß, die Stimme ist meine Identität,
sie ist nicht Körper oder Geist,
sie ist nicht Sprache oder Bild, sie ist Zeichen,
sie ist Zeichen der Bilder, sie ist ein Zeichen der Sinnlichkeit.
Sie ist ein Zeichen der Symbole, sie ist Grenze.
Sie ist in der Kleidung des Körpers verborgen, sie ist immer woanders.
Der Lebensatem ist ihre Quelle.
Die Stimme gleitet aus mir heraus,
sie verlässt mich, sie entfernt sich von mir,
sie geht ihre eigenen Wege, sie verrät mich,
sie wird zur Verräterin,
sie wird zur Verräterin.

Ich werde sprechlos, wenn ich sie verliere,
sie ist Verlust, sie ist Verlust, sie ist Lust,
wenn ich sie höre.

Ich nähere mich meiner Stimme, sie entfernt sich jedoch......
Strukturen der Sprache.
Ich nehme meine Stimme wahr, ich erkenne

The rebellious voice, the split voice
The voice is suture,
the voice is seam,
the voice is cut,
the voice is tear,
the voice is my identity,
it is not body or spirit,
it is not language or image,
it is sign,
it is a sign of the images,
it is a sign of sensuality.
It is a sign of symbols,
it is boundary.

It speaks the "split body,"
it is hidden in the clothing of the body,
it is always somewhere else.

The breath of life is its source.
The voice glides out of me, it leaves me, it distances itself from me, it goes its own way, it betrays me, it becomes a traitor,
I love it and I hate it,
I become speechless when I lose it, it is loss, it is lust when I hear it.

I approach my voice, but it distances itself from me,

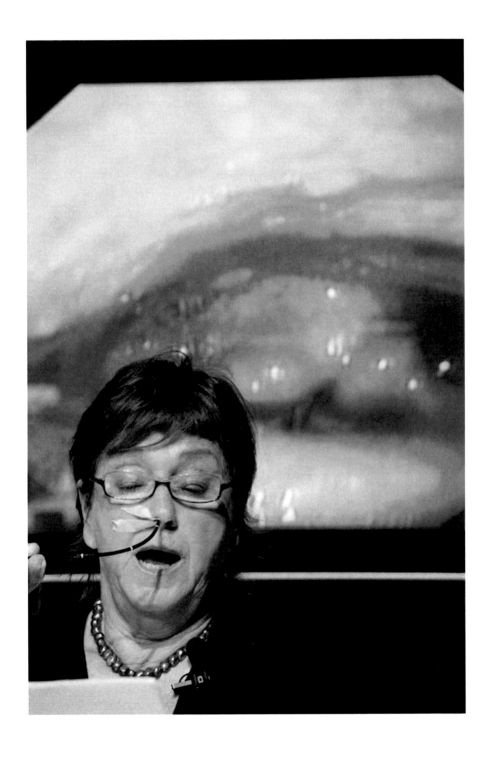

sie, sie ist Erkenntnis.
Sie ist ephemer.

Die Spur der Stimme, gräbt sich in die
Ereignisse der Zukunft, sie gräbt sich in die
Denkbahnen der lautlosen Wahrnehmungen,
wenn ich spreche , dann handle ich.
Kann ich die Aufgabe der Stimme von Handlungen lösen ?.....
Kann ich die Stimme von den Wörtern, den
Lauten, den Atemregungen lösen ? Kann ich
die Stimme von ihrer Melodie lösen, kann ich
sie spielen wie ein musikalisches Instrument ?
Sie ist mein Ereignis
sie erregt mich
ich errege meine Stimme
die Stimme ist Erregung
sie ist aus Fragmenten gebaut
ihre Architektur ist vertikal
horizontal
in Diagonalen und Spiralen changiert sie zwischen
Kultur
Wildnis
Zivilisationsmythologien
sie zersplittert in den Nähten
in den Rillen der Exzesse....

Das Instrument Stimme spielt seine Melodie.
Macht und Ohnmacht sind Kompositionen
der Stimme.

Meine Stimme ist die Spur meines individuellen
Körpers, wie auch meines sozialen Körpers,
sie näht die Teile, die Schnittbögen meiner
ephemeren Identitäten zusammen

sie ist aber nicht mein Eigen
sie spricht von sich selbst.

Investigation, perception, structures of speech.
I hear my voice, I recognize it, it is understanding.
It is ephemeral.
The track of the voice burrows itself into the
events of the future,
it burrows into the trains of thought of silent
perceptions, when I speak, I act. Can I free the
task of the voice from actions?.....
Can I free the voice from the words, the sounds,
the stirrings of breath? Can I free the voice from
its melody, can I play it like a musical instrument?
It is my event,
it excites me,
I excite my voice,
the voice is excitement,
it is built out of fragments,
its architecture is vertical,
horizontal,
in diagonals and spirals it oscillates between
culture,
wilderness,
civilization mythologies,
it splinters in the seams, in the grooves of the
excesses ...

The instrument that is the voice plays its melody.
Power and powerlessness are compositions
of the voice.

My voice is the trace of my individual body as
it is of my social body,
it sews the parts, the sewing patterns of my
ephemeral identities together,
but it is not my own,
it speaks for itself.

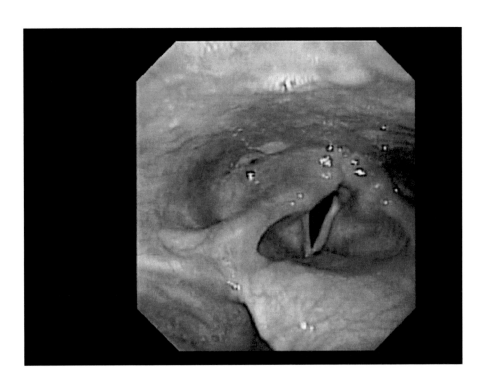

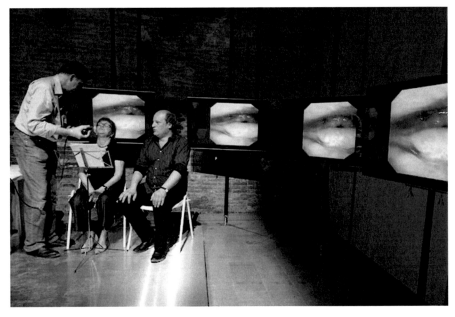

Susanna Schoenberg

Blind Spots
(Blinde Flecken). Würfel, Beamer, Processing Code, Echtzeit-Datenfluss (zu CO_2, CO, NO_2, Beleuchtungsstärke, Temperatur, Total Volatile Organic Compound, Geräuschpegel in dB), Server-Verbindung, Sensoren Board (Pachube wurde am Parsons Institute NY von Joe Saavedra entwickelt). Je Objekt 40 X 100 X 20 cm. 2011.
Foto: Ruben Malchow

Leibtische
Tische, Ultraschallsensoren, Lautsprecheranlage. Je Objekt 60 X 90 X 90 cm. 2012.
Foto: Stephan Reusse

Was macht ein Subjekt „formal" aus. Wie entsteht seine Umgebung. Das Ich, das sich über Wahrnehmung aufbaut, handelt und versteht sich und seine Umgebung ausgehend von einem sensoriellen Setup. Diese Arbeiten sprechen vom Subjekt als einer Form, die versucht eine (formlose) Umgebung zu deuten (Blind Spots), und sich selbst im Außen-Sein anzuordnen (Leibtische).

In *Blind Spots* geht es um das „Auge ohne Körper", das das „technische Sehen" ausmacht (Martin Jay). Ein Blind Spot aus einer beliebig weit entfernten Umgebung: CO^2 und NO^2-Gehalt, Lichtintensität, Temperatur, etc. Abhängig von diesen Werten wird das schwarze Ausgangsbild der Blind Spots stellenweise durchlässig: Der multidimensionale Datenfluss einer nicht erlebten physischen Umgebung schreibt sich in die Blind Spots ein. Der andere Blind Spot vergleicht die Daten über den ganzen Tag.
Die *Blind Spots* (sehen) zeigen Muster, die sich auf unterschiedliche Entwicklungsräume

Blind Spots
Cubes, projector, Processing code, realtime-data stream (about CO_2, CO, NO_2, intensity of light, temperature, Total Volatile Organic Compound, noise level in dB), server-connection, sensor board (Pachube was developed at Parson's Institute NY by Joe Saavedra). 40 X 100 X 20 cm each. 2011.
Photo: Ruben Malchow

Leibtische
(Body Tables). Tables, ultrasonic sensors, sound system. 60 X 90 X 90 cm each. 2012.
Photo: Stephan Reusse

What is it that "formally" constitutes a subject. How does its environment come into being. The subject constructs a self – based on acts of perception, developing an understanding of itself and its environment through a sensory setup. These works discuss the self as a form attempting to interpret a (formless) environment (Blind Spots), and to find its bearings in an environment outside itself (Leibtische (Body Tables)).

Blind Spots is about the bodyless eye", the organ of "the technical gaze" (Martin Jay). A Blind Spot receives date from a remote environment: ambient CO^2, NO^2, light, temperature, among others. Reacting to these data, the Blind Spot's black screen becomes partly transparent: the multidimensional flow of data from a physical environment that is not actually being experienced inscribes itself into the Blind Spots. The other Blind Spot compares data development over the course of a day.
Thus, the *Blind Spots* (see) display patterns

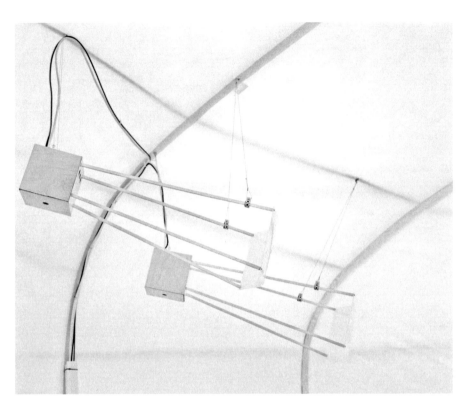

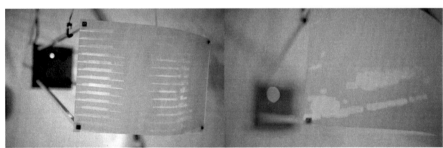

einer Umgebung beziehen: einer vermittelt eine punktuelle Darstellung der beobachteten Phänomene, der andere versucht die Werte in deren Tagesentwicklung darzustellen. Der Entwurf der Blind Spots beschreibt das (mögliche) Subjekt anhand von „Öffnungen" – die Umweltsensoren sind ihre grundsätzliche konstruktivistische „Intelligenz" und „zur-Welt-Öffnung". Doch die Mustererkennung bleibt in einem (möglichen) Außen eine technisch-kontemplative Übung, die echte Erfahrbarkeit verfehlt.

Die *Leibtische* beziehen sich auf Vilém Flussers Idee einer „Leibkarte", nach der unterschiedliche körperliche Komponenten eines Ichs unterschiedliche Wege zum Außen bieten. So ist der Weg vom Ich zum Auge kleiner als der des Ichs zur Hand – andererseits ist die Distanz des Auges zur Umwelt viel größer als jene, die eine Hand erfährt.
Leibtische sind als Metapher dieser Navigation des Bewusstseins konzipiert. Sie sind Instrumente, die Klang produzieren können, wie Parkhilfen für Pkws es tun. Wie jede Prothese verstärken sie das Bild eines Körpers im Raum, der sich selbst trägt (der Leibtisch muss wie ein zu langer und schwerer Rock hochgezogen und getragen werden) und nur von einem begrenzten Handlungsraum gekennzeichnet ist.

of developments in a set environment. One of them conveys a selective, punctiform presentation of the observed phenomena, the other attempts to represent the same data in their development of the same data over the course of a day. The Blind Spots describe a (possible) subject depending on "openings" – the environmental sensors constituting their basic constructivist "intelligence" and "openings-to-the-world". Still, their ability to recognize patterns at the (possible) outside remains a technical-contemplative exercise, falling short of real experience.

The *Leibtische* (body tables) reference Vilém Flusser's idea of a "body map", according to which different physical components of the self offer different means of access to the outside world. The distance from eye to self is shorter than from self to hand – on the other hand, the distance from eye to environment is much longer.
Leibtische were conceived as a metaphor for this navigation of consciousness. They are instruments that can produce sound much like the parking aid systems integrated into cars, and they can similarly relationally describe space.
Like every kind of prosthesis they emphasize the image of a body in space that supports itself (the Leibtisch has to be pulled up like a very long and heavy skirt and carried around) and command a limited space of action.

Kerstin Ergenzinger

Raumtaster [Rotterdam]
Präparierter Overheadprojektor & programmierte Lichtzeichnung mit einem Raum. Dimensionen variabel. 2016.
Die präparierten Overheadprojektoren wurden in Kooperation mit Thom Laepple entwickelt und produziert. Ansicht A Tale of a Tub, Rotterdam. Fotos: Johannes Langkamp, Gerd Jan van Rooij

Raumtaster [Rotterdam]
(Space Sensor). Modified overhead projector and programmed light drawing within a space. Variable dimensions. 2016.
The modified overhead projectors were developed and produced in cooperation with Thom Laepple. Installation View A Tale of a Tub, Rotterdam. Photos: Johannes Langkamp, Gerd Jan van Rooij

Rotes Rauschen
Kinetische Skulptur. Expandiertes Polypropylen EPP, Nitinol, Silikon, Karbon, und Seismometer: Aluminium, Kupfer, Messing, Stahl, diverse Materialien, Steuer- und Leistungseinheit. Ca. 270 x 70 x 50 cm. 2012.
In Kooperation mit Thom Laepple, produziert mit dem Stipendium für Medienkünstlerinnen des Ministeriums für Familie, Kinder, Kultur und Sport des Landes NRW, unterstützt vom HMKV Hartware MedienKunstverein Dortmund, sowie mit freundlicher Unterstützung von Stefan Niermann igus GmbH und Dynalloy, Inc.
Ansicht Edith Russ Haus für Medienkunst. Ansicht Oboro Montreal. Foto: Paul Litherland.

Rotes Rauschen
(Red Static). Kinetic Sculpture: expanded polypropylene EPP, nitinol, silicone, carbon, and seismograph; aluminium, copper, brass, steel, various materials, control panel. 270 x 70 x 50 cm. 2012.
In cooperation with Thom Laepple, with the help of an NRW federal grant, supported and supervised by HMKV Hartware MedienKunstverein Dortmund, with the friendly support of Stefan Niermann igus GmbH and Dynalloy, Inc.
Installation View Edith Russ Haus for Media Art. Installation View Oboror Montreal, photo: Paul Litherland.

Maschinen setzte ich als Instrumente der Weltbefragung ein, als Wahrnehmungsmaschinen, die sich herkömmlichen Vorstellungen von technischen Hilfsmitteln entziehen. Ihre Aufgabe ist es, aufzuzeichnen und zu registrieren, und uns eine Diskussion über das Erfahren der Welt zu ermöglichen.

I use machines as a medium and instrument for conducting inquiries into the world. They contradict our customary notions about technical apparatuses and how we use them in our daily life: They are perceptual machines. Their task is to record and register, and ultimately enable a discussion about how we experience the world.

Raumtaster bezeichnet eine Serie ortsspezifischer Lichtinstallationen, die vorhandene Räume in eine immersive Lichtzeichnung verwandeln. Ein *Raumtaster* ist ein zur programmierbaren Zeichenmaschine modifizierter Overheadprojektor. Ein Zwitterwesen aus Geschöpf und Raum, das variable Linien und Felder aus Licht an Wände, Böden und Decken projiziert, und so sich selbst und seine

Raumtaster (space sensor) is a series of site-specific light installations which transform an existing space into an immersive light drawing. A *Raumtaster* is a modified overhead projector and programmable drawing machine. A hybrid of creature and space, projecting wandering luminous lines onto walls, ceiling and floor, scanning and transforming the

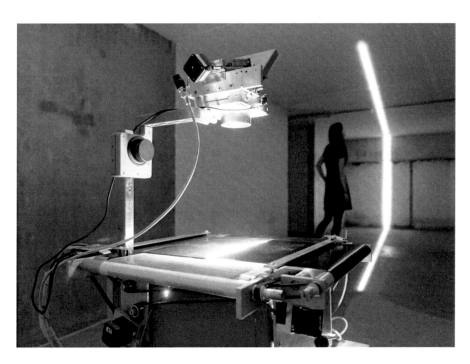

Umgebung absucht und fließend verwandelt. Wie ein Sinnesorgan, das mithilfe von Licht tastet, eignet sich der Apparat Schritt für Schritt seine Umwelt an. Dabei unterscheidet er nicht zwischen Mensch, Gebäude oder Gegenstand. Alles wird Teil eines Zeichenprozesses, kleine Details werden wichtigste Bestandteile eines Bildes. Nackte Wände funktionieren sowohl als Projektionswand als auch als projiziertes Bild. Indem der Raumtaster die Oberflächen und Begrenzungen seiner Umgebung ertastet, erzeugt er innerhalb der Beschränkungen des Raums neue Perspektiven und Horizonte.

*Rotes Rauschen** verbindet eine kinetische Skulptur mit einem Seismometer. Die Installation vermisst und übersetzt feine Bodenerschütterungen, die den Erdboden in einen steten Unruhezustand versetzen. Ebenso reagiert die Skulptur auf Bodenbewegungen, die durch die Betrachter*innen verursacht werden, wenn sie bei ihrem Eintreten die Gewichtsverteilung im Raum minimal verschieben.
Die Skulptur übersetzt die gemessenen Bodenschwingungen in Bewegungen und Geräusche, die sie für uns erst erfahrbar machen. Ähnlich einem Ohr horcht sie in den Raum hinein, erkundet und reflektiert seine Verfasstheit.
Die Arbeit verbindet lokale und globale Impulse miteinander, wodurch Raum und Ortsspezifik aus einer örtlich beschränkten Vorstellung gelöst und in einen übergeordneten Kontext eingebettet werden.

*Rotes Rauschen, z.B. mikroseismische Schwingungen oder Infrasounds, ist eine Eigenschaft natürlicher Phänomene, in denen langsame Frequenzen stärker ausgeprägt sind als im

space, it functions like a sense organ that uses light as a means of touch. It doesn't distinguish between human being, building or thing. What was a minor detail becomes a main element of the composition. Bare walls function both as projection screens and the projected image. By scanning the surface and limits of its surroundings, *Raumtaster* generates new vistas and horizons within the confines of a given space.

*Rotes Rauschen** is an installation and sculptural sense organ. It is also a seismic instrument connected to its surroundings, registering ambient noise and microseism imperceptibble to our sense organs. Like an ear, the sculpture listens carefully (in)to the space and renders the omnipresent slow frequencies of ground motion into the range of human physical and sonic perception. Recording the faint earth tremors caused by natural phenomena such as ocean waves, the urban environment and the observers' movements, the sculpture embeds site specific perception into an overall context.

*Rotes Rauschen, red noise, such as seismic noise and infra sounds, is a property of physical phenomena where slow frequencies are stronger than in equally distributed white noise.

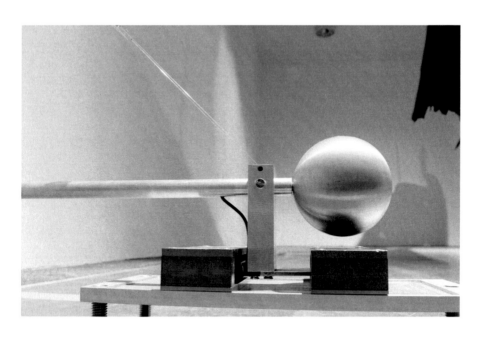

Nicola L. Hein / Lukas Truniger

Membranes
Audiovisuelle Performance und Installation. Hybride Instrumente, LED-Screens, Bass Drums, Mikroprozessoren, Motoren, Hubmagnete, Interpreten. 2017-.

Ermöglicht durch die freundliche Unterstützung von Pro Helvetia, Schweizer Kulturstiftung, DICRéAM, Sibylle Kalkhof-Rose Stiftung und Le Fresnoy-Studio national des arts contemporains.

Membranes
Audiovisual performance and installation. Hybrid instruments, LED-Screens, bass drums, microprocessors, motors, solenoids, interpreters. 2017.

Supported by Pro Helvetia, Swiss Arts Helvetia, DICRéAM, Sibylle Kalkhof-Rose Foundation and Le Fresnoy-Studio national des arts contemporains.

Membranes, eine audiovisuelle Performance und Installation, hat ihren Ursprung in der Erfoschung der Synchronität von Musik und Sprache, von Instrument, Körper und Kommunikation.

Sie besteht aus einem Ensemble von hybriden Instrumenten, welche aus Trommeln und elektronischen Komponenten (LED-Screens, Mikroprozessoren, Motoren, Hubmagneten etc.) aufgebaut sind. Diese Instrumenten-Körper bringen *Klang-, Licht- und Textstrukturen* hervor: Ausgehend von den Westafrikanischen Talking Drums, Archetypen musikalischer Kommunikationsmittel, erschafft *Membranes* eine Klang- und Lichtsprache, die vor den Zuhörer*innen und den beiden Interpreten laufend neu entsteht. Jedes dieser audiovisuellen Objekte ist in einen Übersetzungsprozess eingebunden, der Musik und Sprache stetig ineinander überführt: Durch die Eingabe von Text werden Klangstrukturen, Textrepräsentationen und Lichtsignale erzeugt, welche von Objekt zu Objekt kommuniziert werden, so dass nicht nur die Performer, sondern auch die Objekte selber in einen Kommunikationsprozess

Membranes, an audiovisual performance and installation springs from research into the synchronicities of music and language, of instrument, body and communication. It consists of an ensemble of hybrid instruments composed of drums and electronic components (LED-screens, microprocessors, motors, lifting magnets, and others). These instrument-bodies produce *sound, light, and text structures*: Inspired by the talking drums of West Africa, archetypes of musical communication, Membranes creates a new language of sound and light continuously generated anew before the two interpreters and the listeners.

Each of these audiovisual objects is part of a translation process, which continuously converts language and music into each other. Text generates sound structures, textual representations, and light signals, which are transferred from object to object so that not just the performers but the objects themselves enter into a communication process. Sounds result from the text-synchronized generation of rhythmical patterns, from the movement of solenoids on the drumheads, which are

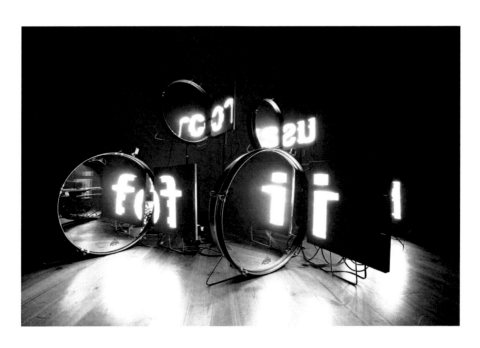

miteinander treten. Die Klänge entstehen hierbei durch die textsynchronisierte Erzeugung rhythmischer Muster auf den Trommelfellen durch Hubmagnete, welche gleichsam durch eine motorisierte Steuerung mit dem Text synchronisiert gestimmt werden.

Gemeinsam formen die Skulptureninstrumente und die Perfomer ein interaktives, kommunikatives Netzwerk von semantisch-ästhetischen Akteuren. Membranes eröffnet einen ästhetischer Handlungsraum, der weder der Theorie noch der künstlerischen Praxis alleine offen stünde. Ästhetik und Theorie werden dialektisch ineinander verschränkt und damit ein synthetischer Verständnishorizont eröffnet.

also tuned to the text by another motor. Together, sculpture-instruments and performers form an interactive communication network of semantic-aesthetic actors. *Membranes* generates an aesthetic space of action that could not be created by theory or artistic practice alone. Aesthetic and theory become dialectically intertwined, opening up a synthetic horizon of understanding.

128

Tobias Grewenig

Emotion's Defibrillator
Hardware: Sensoren (Atem, Hautwiderstand, Puls),
sieben Lautsprecher, Röhrenmonitor, IR-Kamera,
Computer, Elektrostimulator, Acryl, diverse Metalle,
Software: Max/Msp/Jitter. 400 cm x 400 cm x 250
cm. 2005.

Emotion's Defibrillator
Hardware: Sensors (breath, skin resistance, pulse), seven loudspeakers, CRT display, IR-camera,
computer, electro stimulator, acrylic, various metals,
software: Max/Msp/Jitter. 400 cm x 400 cm x 250
cm. 2005.

Die 2005 entstandene elektronische Skulptur *Emotion's Defibrillator* setzt sich künstlerisch mit der Wirkung von Technologien und Klischees über die Manipulation des Bewusstseins durch Elektronik auseinander. Sie fokussiert nicht auf Inhalte, sondern reduziert Medien auf ihre rein physiologische Wirkung. Mensch und Maschine werden miteinander in einem in sich stetig modulierenden Kreislauf gekoppelt.

Dabei richtet die Maschine ihren dynamischen Zustand auf den gemessenen Erregungszustand (Puls, Atemfrequenz und Hautwiderstand) des Menschen aus und stimuliert ihrerseits den Menschen durch Schwingungen, die proportional zu den Gehirnfrequenzbändern 1/2Hz - 30Hz stehen. Als Stimulatoren dienen taktil über die Handflächen verabreichte kleine Stromimpulse, optisches Flimmern über einen Röhrenmonitor und akustische Schwebungen (binaurale Beats) in einer dreidimensionalen Lautsprecher-Anordnung. Es wird kein bestimmtes Frequenzband und die daraus resultierenden Zustände anvisiert, die Dynamik ergibt sich rein aus der Wechselwirkung der einzelnen Komponenten. Zusätzlich moduliert der gemessene Atem räumliche Bewegungsabläufe von synthetisierten Geräuschen und sublimen Einblendungen.

Emotion's Defibrillator, an electronic sculpture from 2005, explores the effects of technology and clichés about the electronic manipulation of consciousness. It does not focus on content, but rather strips down the effect of media to a purely physiological level. Human and machine are connected in a continuously modulated loop.

The machine aligns its dynamic state with the human's degree of agitation which is constantly measured via pulse, breathing frequency, and skin resistance, and then feeds back stimulating frequencies which are proportional to the brain frequencies 1/2Hz - 30Hz. Other Stimulators are small tactile electro shocks to the palms, optical flickering via a CRT display, and acoustic beats (binaural beats) from a three-dimensional speaker array. They are not aiming at a specific wave band or to produce a specific condition. The dynamic is produced randomly by the interplay of the different components. In addition, movements of synthetic noise and subtle superimpositions in space are modulated according to the breathing frequency.

Media technologies are mostly perceived in terms of their functionality and contents. Often however, they have a subtly stimulating effect

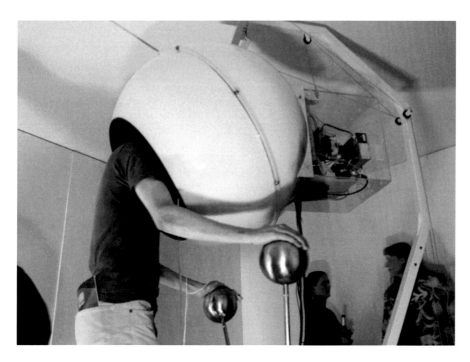

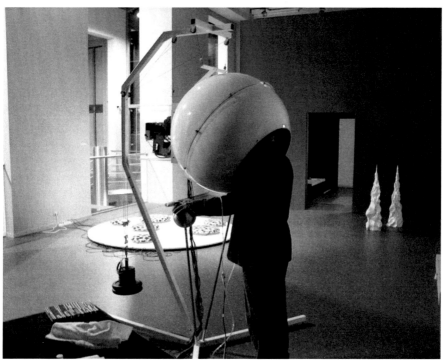

Medientechnologien werden in der Regel in Hinblick auf Funktionalität und Inhalte wahrgenommen. Sie haben aber oftmals durch ihre interne Beschaffenheit (Taktgeber, Schwingkreise) eine subtil stimulierende Wirkung auf unser Bewusstsein. Deutlich wird diese Beschaffenheit meist erst durch Störungen, wie z.B. 50 Hz Netzbrummen, sirrende Motoren oder Ausführungen minderer Qualität, wie bei flimmernden Leuchtmitteln und niedrigen Bildwiederholraten.

on our consciousness due to their internal configuration (pulse relay, oscillator circuits). This configuration becomes apparent only when there are disturbances, like such as a 50 Hz mains hum, buzzing motors – or in cases of low quality such as flickering illuminants or low image repeat rates.

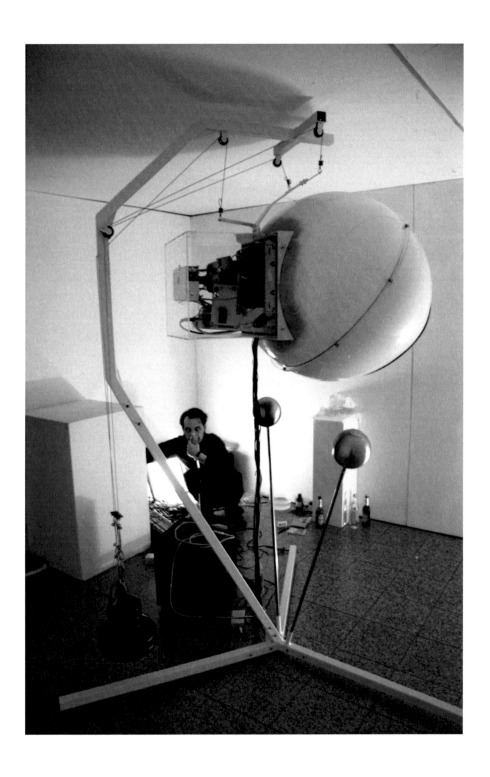

Agnes Meyer-Brandis

Bohrkernlabor und Elfen-Scan

Bohrkerne, Holztische, Archivkästen, Bohrkern-Scanner, speziell gefertigtes Software und Hardware System, Ausstellungs-Box, Wägen, Animation, Sound, Poster, Videos „Tips for a successful search". 2003-04.

Mit Unterstützung des Geologischen Dienstes NRW, Kunststiftung NRW, Kunsthochschule für Medien Köln, Freundeskreis der Kunsthochschule für Medien Köln

Meine Arbeit beschreibt eine Wanderung entlang der Schnittstellen von Kunst und Wissenschaft, Fakt und Fiktion. Ich verstehe meine Installationen, Apparaturen, Fotografien und Performances als eine künstlerische Wirklichkeitsforschung an den Rändern des Wahrnehmbaren. Anfänglich ging es mir um die Frage, was unter meinen Füssen ist. Worauf stehe ich? Die Betrachtung dieses Themas führte zunächst zu Arbeiten mit Bohrlöchern und Bohrkernen und langfristig seit 2002 zu der Entwicklung eigener „Methoden" und der Werkreihe „Tools To Search".
Diese technischen Skulpturen und installativen Experimente analysieren und konstruieren Möglichkeitswelten im Sinne der Kunst. Sie manifestieren meine Versuche, mich auf gleichermaßen poetische wie ironische Art und Weise dem Unbekannten zu nähern.
2003 gründete ich das FORSCHUNGSFLOSS, eine sich ständig transformierende Meta-Installation in Form eines „Institutes für Kunst und subjektive Wissenschaft". Die Inhalte der weltweit betrieben Forschung finden

Bohrkernlabor und Elfen-Scan

(Earth Core Laboratory and Elf Scanner) Core samples, wooden tables, archive cases, core-sample scanner, custom made software and hardware system, displaybox, trolleys, animation, sound, posters, videos "Tips for a successful search". 2003-04.

Kindly supported by the Geological Service NRW, Kunststiftung NRW, Kunsthochschule für Medien Köln, Freundeskreis der Kunsthochschule für Medien Köln

My work is a hike across the interface of art and science, of fact and fiction. My installations, apparatuses, photographs, and performances are a form of artistic research into reality along the borders of perception. Initially, I wanted to find out what was lying beneath my feet. What kind of ground am I on? This led to my work with drill holes and core samples and, from 2002 onwards, to the long-term development of my own "methods" and to my series "Tools To Search".
These technical sculptures and installation experiments artistically construct and analyse possible worlds. They manifest my attempts to poetically and ironically close in on the unknown.
In 2003, I founded the RESEARCH RAFT, a continuously transmuting meta-installation in the guise of an Institute of Art and Subjective Science. Its ongoing global research focusses on the outskirts of perception and on the borders of reality as it is known to us: inside holes, in stones, in clouds, in the air, in zero gravity.

sich in den Randbereichen der Wahrnehmung und der uns bekannten Realitäten: in Löchern, in Steinen, in Wolken, in der Luft, in der Schwerelosigkeit.

Bohrkernlabor & Elfen-Scan (2003–04) ist ein Instrument aus der Werkreihe „Tools to Search". Als Versuchsaufbau macht er es mit Hilfe eines eigens dafür entwickelten Geräts, dem „Elfen-Scanner", möglich, fantastische, mit bloßem Auge nicht sichtbare Lebewesen im Innern von Bohrkernen zu orten und zu visualisieren. Dafür ist Fingerspitzengefühl im wahrsten Sinne des Wortes entscheidend: Das taktile Scan-Gerät wird wie ein Fingerhut auf die Fingerspitze aufgesetzt. An seinem anderen Ende ist es mit einem trichterähnlichen Sensor ausgestattet, mit dem die Bohrkerne behutsam auf subtrane Lebensformen „abgetastet" werden können. Über Displaybox und Kopfhörer können die im Bohrkern befindlichen Lebewesen und Mikro-Universen beobachtet und belauscht werden.

Earth Core Laboratory and Elf Scanner (2003–04) is an instrument from the series "Tools to Search". As an experimental set-up together with the specially developed "elf-scan" it enables the viewers to locate invisible fantastic creatures inside core samples and makes these creatures visible to the naked eye. This requires delicacy, especially of handling: the tactile scanner is put on like a thimble. The scanner ends in a funnel-shaped sensor that can be used to carefully pat down the core samples in search of subterranean life. Via a display and headphones, the creatures and microverses inside the core samples can be heard and observed.

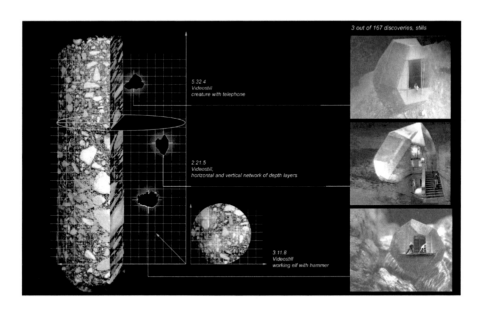

3 out of 167 discoveries, stills

5.32.4
Videostill
creature with telephone

2.21.5
Videostill,
horizontal and vertical network of depth layers

3.11.8
Videostill
working elf with hammer

Giuliana Cunéaz

Mobilis in mobile
Serie statischer Maschinen. 2012.

Mobilis in mobile
Series of static Machines. 2012.

Mobilis in mobili, eine Maschine für die prüfende Betrachting der Welt

Mobilis in mobili, a machine for scrutinizing the world

Seit dem Anfag des 20. Jahrhunderts sind Maschinen Gegenstand künstlerischer Auseinandersetzung: von den Futuristen überhöht, vom Bauhaus als Notwendigkeit akzeptiert, von den Dadaisten entweiht. In meinem Fall ist diese Maschine ein optischer Apparat, ein Gerät zur Beobachtung ganzer Universen, die von der nanomolekularen Welt inspiriert sind.

Ich nenne meine Serie von 2012 Mobilis in mobili, weil die Arbeiten der Serie statische Gefährte und bewegte Landschaften verbinden. Ich wollte eine Umkehrung des typischen Reisens und Erforschens schaffen, indem ich die Betrachter*innen zu einer sinnlichen Erfahrung durch ein physkalisches Instrument einlade, die zur Virtualität des Gesehenen im Kontrast steht.

Die größte Arbeit der Mobilis in mobili-Serie, Waterproof, ist über 2m hoch und erinnert an eine historische Kutsche mit vier großen, ovalen Rädern aus Plexiglas, die im Boden zu stecken scheinen. Die Oberfläche ist silbern lackiert, und Stickereien verweisen auf ein Video im Inneren, das man durch zwei mit 3D-Linsen ausgestattete Gucklöcher stereoskopisch betrachten kann. Nur jeweils ein*e Betrachter*in kann den geheimen Inhalt meiner Zeitmaschinen sehen.

Since the start of the 20th century, machines have been the object of artistic research: exalted by Futurism, accepted as necessary by the Bauhaus, desecrated by the Dadaists. In my case, the machine is a device for vision, a place for observing universes inspired by the nanomolecular world.

I titled my 2012 cycle Mobilis in mobili because all the pieces share the fact of being static vehicles within a moving landscape. I wanted to create a reversal of the sense of traveling and exploring, inviting the viewer to take part in a sensory experience through a physical instrument at odds with the virtuality of the contents.

The biggest piece in the Mobilis in mobili series (Waterproof), over 2 meters high, is based on an ancient coach with four large oval plexiglass wheels that appear to be embedded in the floor. The surface is painted with silver enamel and the embroidery evokes what can be viewed through two spyholes fitted with polarized 3D lenses that allow a stereoscopic view of the video. Only one viewer at a time can scrutinize the secret content of my time machines. Generally, a vehicle carries us to a place and, through motion, enables us to observe reality. In this case the opposite happens: we are the

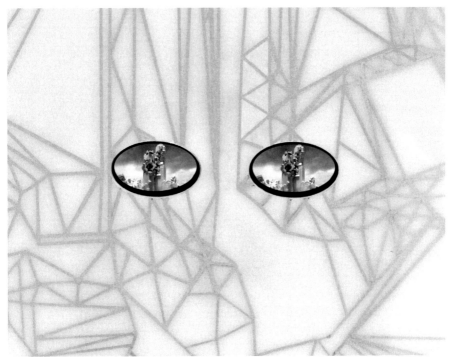

Normalerweise transportiert ein Fahrzeug uns von Ort zu Ort und erlaubt uns dabei – durch Bewegung – die Betrachtung der Realität. Hier geschieht das Gegenteil; scheinbar bewegungslos beobachten wir, was im dunklen Inneren der Maschine liegt.

Es ist eine Reise in die Staubflocken der Nanowelten, in die Beobachtung bewegter Unendlichkeiten. Nur meine fantastischen Maschinen können dieses dynamische und visionäre Universum sichtbar machen, das sich durch kein Teleskop oder Mikroskop einfangen lässt. Mein mobilitäts-freies Gefährt überträgt multiple Naturen in fortwährender Veränderung, es erweitert Wissensbereiche und ermöglicht die authentische Erforschung des Unbekannten. Alles kommt unter das Auge der stillstehenden Betrachter*innen, die sich dem schwindelerregenden Abgrund des Bildes gegenüber sehen.

seemingly inert observers of what lies within the darkness of the machine.

This is a journey into the dust motes of nano-worlds, where we may observe the infinite in motion. Only my imaginary machine can show this dynamic and visionary universe that cannot be captured by any telescope or microscope. My mobility-free means of locomotion transmits multiple natures in perpetual change, which broaden the sphere of knowledge and represent authentic explorations of the unknown. Everything is connected with the eyes of the viewer, standing still, who finds him- or faced with the vertiginous abyss of the image.

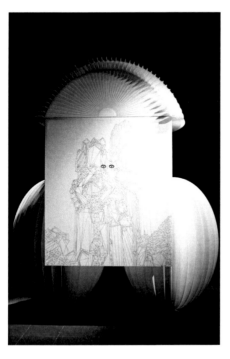

Verena Friedrich

VANITAS MACHINE
Installation. ca. 180 x 120 x 150 cm. 2013-14.
Technische Umsetzung in Zusammenarbeit mit Lab3,
Labor für experimentelle Informatik. Mit Unter-
stützung der Kunstochschule für Medien Köln. Fotos
1-4: Miha Fras

THE LONG NOW
Installation. 160 x 80 x 150 cm. 2015-16.
The Long Now wurde realisiert im Kontext von EMARE
Move On in OBORO's New Media Lab, Montréal,
und einer Residency bei Perte de Signal, Montréal.
Mit Unterstützung des Kulturprogramms 2013 der
Europäischen Kommission, des Goethe-Instituts, des
Conseil des arts et des lettres du Québec und FACT.
Foto 1: Kristof Vrancken; Fotos 2-3: Victor S. Brigola

VANITAS MACHINE & THE LONG NOW

Nach ausführlicher Recherche und einer
Vielzahl von praktischen Experimenten
entstehen meine Projekte meist in Form
von zeitbasierten Medieninstallationen, in
denen technisch-skulpturale Materialien,
organische Materie sowie Elektronik und Programmierung miteinander ins Spiel kommen.
In poetischen Installationen übersetze ich
komplexe Fragestellungen in eine greifbare
Form und beziehe die Ausstellungsbesucher
auf konzeptioneller sowie körperlicher Ebene
ein, um existenzielle Themen im Zusammenhang mit (Bio-)Technologie, Wissenschaft
und dem Körper zu erforschen.

Die Installationen VANITAS MACHINE und
THE LONG NOW beschäftigen sich mit dem
Wunsch nach dem ewigen Leben, dem Potential
lebensverlängernder Maßnahmen sowie
dem Thema Zeit.

VANITAS MACHINE
Installation. Appr. 180 x 120 x 150 cm. 2013-14.
Technical realisation in collaboration with Lab3,
Laboratory for Experimental Computer Science.
Supported by the Academy of Media Arts Cologne.
Photos 1-4: Miha Fras

THE LONG NOW
Installation. 160 x 80 x 150 cm. 2015-16.
The Long Now was relised within the framework
of EMARE Move On in OBORO's New Media Lab,
Montréal, and a residency at Rustines Lab, Perte de
Signal, Montréal. With the support of the Culture
Programme of the European Commission 2013,
Goethe-Institut, the Conseil des arts et des lettres
du Québec and FACT. Photo1: Kristof Vrancken;
Fotos 2-3: Victor S. Brigola

VANITAS MACHINE & THE LONG NOW

Following extensive research and hands-on
experimentation, my projects are mainly
realized in the form of time-based media
installations in which technical and sculptural materials, organic matter, electronics
and programming come into play. Through
poetic installations I seek to translate complex
issues into a tangible form and to involve the
audience on a conceptual as well as physical
level, inviting them to explore existential
topics related to (bio)technology, science,
and the body.

The installations VANITAS MACHINE and
THE LONG NOW emerged from research
about the desire for eternal life, the potential
of life-prolonging measures, and the topic
of time.
In VANITAS MACHINE (2013-14) an ordinary
candle becomes part of an experimental setup.

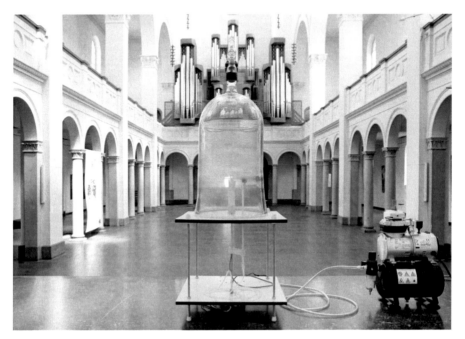

In VANITAS MACHINE (2013-14) wird eine gewöhnliche Kerze Teil eines experimentellen Versuchsaufbaus. Als eines der klassischen Vanitas-Symbole erinnert eine brennende Kerze an die zeitliche Begrenztheit menschlichen Lebens und die Gewissheit, dass alle Existenz einem Ende zugeht. Ähnlich dem menschlichen Atmungsprozess verbraucht eine brennende Kerze Sauerstoff und kohlenstoffhaltige Moleküle, während sie CO_2 und Wasser abgibt. Durch die Überwachung des Brennvorgangs und die präzise Regulierung der Luftzufuhr in einer kontrollierten Umgebung wird die Kerze auf „Sparflamme" gehalten, wodurch sich ihre Lebensdauer maximieren lässt.

In THE LONG NOW (2015-16) wird eine fragile Seifenblase zum Gegenstand der Untersuchung. Auch die Seifenblase ist ein klassisches Vanitassymbol, wobei sie aufgrund ihrer extremen Kurzlebigkeit vor allem auf die Vergänglichkeit des Augenblicks verweist. Die Installation zielt darauf ab, ihre Lebensdauer mittels gezielter technischer Eingriffe zu verlängern: Unter Verwendung einer verbesserten Rezeptur erzeugt eine Maschine eine Blase, sendet diese in eine transparente Kammer mit kontrollierter Atmosphäre und hält sie darin bis zu einer Stunde lang in Suspension.
Sowohl VANITAS MACHINE als auch THE LONG NOW stellen Fragen nach der Qualität vs. Quantität von Leben.

One of the classic vanitas symbols, a burning candle recalls the transience of human life and the certainty of the end of all existence. Similar to the human breathing process, a burning candle consumes oxygen and carbonaceous molecules while producing CO_2 and water. By monitoring combustion and precisely regulating the air supply within a controlled environment, the candle is kept burning with the smallest possible flame, thereby maximizing its lifespan.

In THE LONG NOW (2015-16) a fragile soap bubble, another classic vanitas symbol, becomes the object of investigation. In vanitas imagery, it primarily stands for the futility of the moment because of its short-lived nature. The installation is aimed at extending the lifespan of a soap bubble through targeted technical intervention: Using an improved formula, a small robotic device generates a bubble, drops it into a transparent chamber with a controlled atmosphere and keeps it there in suspension for up to one hour.
Both VANITAS MACHINE and THE LONG NOW address issues about the quality versus the quantity of life.

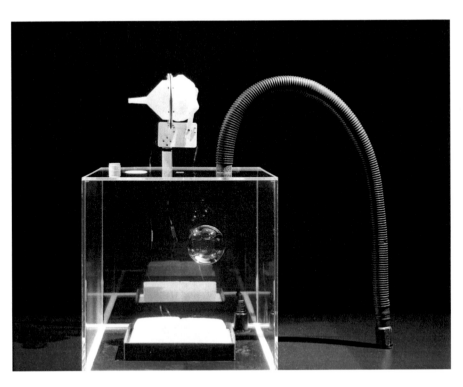

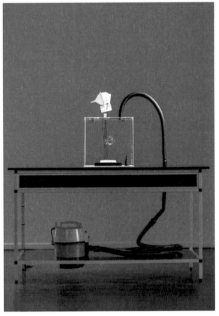

KAPITEL 4

Vermittlungsmaschinen und
Kommunikation zwischen den Spezies

Eine logische Fortsetzung der Erweiterung der Sinne ist die Erweiterung der Kommunikation. Anders als die Vielzahl neuer Kommunikationstechnologien und -formen, die als „digitale Revolution" beschrieben werden, und die ausschließlich auf menschliche Kommunikation gerichtet sind, zielen diese Experimente in unterschiedlicher Form auf Kommunikation mit anderen Spezies ab. Damit schlagen sie eine grundsätzliche Umorientierung vor – nämlich Technologie aus den hegemonialen Zusammenhängen von militärischer und wirtschaftlicher Nutzbarkeit zu lösen, und auf ein Verständnis der vielfältigen Lebensformen und der gemeinsamen Umwelt zu lenken, und damit Welt, im Sinne von Haraway, als etwas zu begreifen, das von allen Lebewesen und Technologie erschaffen wird.

Dazu gehören die akribische Beobachtung von Ökosystemen (Oggiano), die – überall zugegen, aber für das bloße Auge unsichtbar – für die menschliche Auffassung von Realität häufig keine Rolle spielen, ebenso wie die Erforschung der Zusammenarbeit von lebenden Systemen (Catts/Zurr). Vorrichtungen zur Erschütterung der Selbstgewissheit menschlicher Wahrnehmung gehen Hand in Hand mit Geräten, die den Austausch von Impulsen mit anderen Arten ermöglichen – und versuchen, die Grenzen der eigenen Art zu überschreiten (Spačal, Ben-Ary). Von dahin bis zur Vision von Mischwesen aus Mensch, Tier und Maschine ist es nur ein Schritt (Šebjanič/Petrič).

Machines as Mediators and
Inter-Species Communication

The logical consequence of an extension of the senses is an extension of communication. Unlike the numerous new communication technologies and the resulting forms of exchange that are frequently described as a "digital revolution" and are exclusively designed for human needs, the experiments collected in this chapter aim to establish forms of communication with other species. This implies a fundamentally new orientation: to extract technology from the hegemonic context of military and economical necessities and direct it instead at creating a new understanding of the manifold forms of life and our shared environments, in order to understand the world as the ongoing collective creation of all living beings and technology, as Haraway has suggested.

These experiments include the meticulous observation of ecosystems (Oggiano) that are ubiquitous but invisible to the naked eye, so that their existence is rarely reflected in everyday human concepts of reality, as well as research into collaborations with living systems (Catts/Zurr). Appliances that shake up the certitudes of human perception work hand in hand with machines that enable the exchange of impulses with other species – and the ability to cross the boundaries of our own kind (Spačal, Ben-Ary). From here it is just a small step to envisioning

Oggiano| Spačal | Šebjanič/Petrič | Ben-Ary | Zurr/Catts

Lorenzo Oggiano

Environmental Monitoring System /
Ecosys#01-evS#02
(Umwelt-Überwachungs-System). *4CH AV* Installation
und bearbeiteter Video Still, alterungsbeständiger
Pigmentdruck. Ed. von 4+1 EA. 2016.

Environmental Monitoring System /
Ecosys#01-evS#02
4CH AV installation, enhanced video still, Archival
Pigment Print. Ed. of 4+1 AP. 2016.

Environmental Monitoring System /
Ecosys#03-evS#01
(Umwelt-Überwachungs-System). *4CH AV* Installation
und bearbeiteter Video Still, alterungsbeständiger
Pigmentdruck. Ed. von 4+1 EA. 2016.

Environmental Monitoring System /
Ecosys#03-evS#01
4CH AV installation, enhanced video still, Archival
Pigment Print. Ed. of 4+1 AP. 2016.

Environmental Monitoring System /
Ecosys#04-evS#02
(Umwelt-Überwachungs-System). *4CH AV*
Installation und bearbeiteter Video Still, alterungs-
beständiger Pigmentdruck. Ed. von 4+1 EA. 2016.

Environmental Monitoring System /
Ecosys#04-evS#02
4CH AV installation, enhanced video still, Archival
Pigment Print. Ed. of 4+1 AP. 2016.

Environmental Monitoring System /
wM-Plate IIwM-Plate IV wM-Plate V
wM-Plate VII,
4CH AV Installation mit Drahtmodell, geplottete
Prints. Ed. von 4+1 AE. 2016.

Environmental Monitoring System /
wM-Plate IIwM-Plate IV wM-Plate V
wM-Plate VII
4CH AV installation, wireframe model, plotted
prints. Ed. of 4+1 AP. 2016.

Environmental Monitoring System (Umwelt-Überwachungs-System, 2016) wurde
als Vier-Kanal-Video-Installation entworfen,
die ein Überwachungs-System mit multi-
plen Kameras simuliert. Realisiert wurde
es, um die Dynamiken von vier komplexen
Ökosystemen zu dokumentieren.

Die Arbeit zitiert und erweitert das Kernthema
meiner künstlerischen Auseinandersetzung,
nämlich die Relativierung der Lebensformen
und des Konzepts von Leben selbst als Folge
der technobiologischen Entwicklung. Sie lädt
ein, die Bedeutung und die Implikationen
einer Situation neu zu bewerten, in der das
"informative Bild" als instabiles Grenzgebiet

Environmental Monitoring System (2016)
is a 4-channel AV installation conceived as
a simulation of a multi-camera monitoring
system finalized to document the real-time
dynamics of four complex ecosystems.

The work, which recuperates and re-elabo-
rates the main focus of my research on the
relativization of the forms of life (and of the
concept of life itself) as a notable consequence
of technobiological evolution, is intended
as an invitation to reconsider the weight
and implications of a scenery in which the
"informatic image" can be seen as an unstable
intermediation area between convergent
systems; not only immaterial abstractions

zwischen konvergierenden Systemen begriffen werden kann; nicht nur als immaterielle Abstraktion, sondern auch als liquide Schnittstelle von Verbindungen/Übertritten zwischen (Ko-)Existenzbereichen, deren Unterschiede immer mehr verschwimmen, und die die Mangelhaftigkeit der anthropozentrischen Kosmologien bloßlegen, die sich seit langem unerbittlich in ihrem Bezug zu Wissenschaft, Technologien und Alltagserfahrung selbst dekonstruieren.

In diesem Sinne eröffnet das Heraustreten aus dem klassischen epistomologischen Rahmen neue Denkperspektiven, Alternativen zu allen Teleologien der Moderne, und ist damit Vorbedingung für die Praxen einer techno-sozialen Ökologie, die unserer Spezies eine zufriedene, bewusste Koexistenz mit dem Anderen ermöglicht.

Dabei geht es nicht nur darum, den Menschen in ein komplexes und heterogenes Netzwerk aus Strömen und Beziehungen zu integrieren, sondern vor allem darum, ihn von seinem epistemologischen, ontologischen und ethischen Überlegenheitsanspruch abzubringen, um ihn zurück an die Seite der anderen Lebewesen zu stellen – und auch der "seelenlosen Dinge", als Ziel eines "vielbaren" Multiversums, das nicht von einem einzigen Blick umfasst werden kann.

but liquid interfaces of connection/conversion between domains of (co)existence whose difference gets progressively blurred, revealing the inadequacy of those anthropocentric cosmologies that, for a long time, are relentlessly deconstructing themselves in the relationship with sciences, technologies, and everyday experience.

In this sense, abandoning a classical epistemological frame, opening up to reflection perspectives that are alternative to any teleology of modernity, is a precondition to the practices of a techno-social ecology that allows our species a serene, conscious coexistence, with alterity.

It is not (only) a matter of putting the human within a complex and heterogeneous net of fluxes and relations, but rather to finally distract him from his own epistemological, ontological, and ethical supremacy, bringing him back to the same side of the other living beings, and of the objects 'without soul', as termini of a constructed and "pluriversable" multiverse, that cannot be embraced with a single gaze.

149

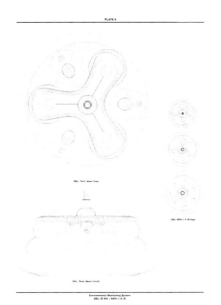

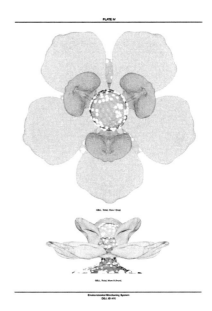

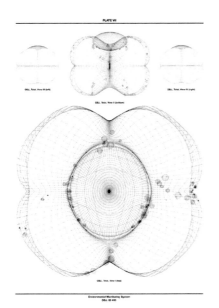

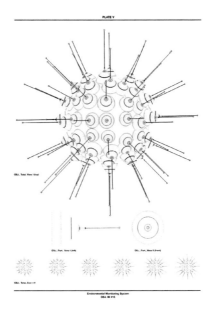

Saša Spačal

Saša Spačal, Mirjan Švagelj, Anil Podgornik
MYCONNECT
Holz, Stoff, Styropor, Metall, plastischer Verbund-
stoff, Glas, Vibrationsmotoren, integrierte Elektronik,
Kopfhörer, Leuchten, Pilzmyzel. 260 x 170 x 150 cm.
2013. Produziert mit Kapelica Gallery. Fotos: Damjan
Švarc/Kapelica Gallery Archive

Saša Spačal, Matic Potočnik
LIMINOID
Holz, Stoff, Styropor, Metall, Steine, Virtual Reality
Brille, Lautsprecher, Kopfhörer, Computer. 186 x
203 x 60 cm. 2013. Produziert mit Ljudmila Art und
Science Laboratory. Fotos: Helena Božič / Ljudmila
Art und Science Laboratory Photo Archive

**Saša Spačal / basierend auf Texten von Saša
Spačal (Myconnect) und Ida Hiršenfelder
(Liminoid)**

Myconnect ist ein Gerät zur zwischenartlichen
Vebindung, das Menschen versuchsweise in
die Lage versetzt, die Grenzen ihrer eigenen Art
zu überschreiten und sinnlich und körperlich
mit anderen Arten in Verbindung zu treten.
Mit dem Eintreten in die Installation betritt
man das Andere, eine andere Multiplizität,
nämlich das Myzel.
In der *Myconnect*-Kapsel wird das Nervensystem eines Menschen über den Herzschlag Teil
einer Mensch-Myzel-Rückkopplungsschleife.
Die Schwingungen des Myzels entstehen
durch elektrischen Widerstand und antwor-
ten zeitlich versetzt auf den empfangenen
Herzschlag. Der hybride Sinneseindruck von
elektrischem Widerstand und Puls wird dann
über Klang, Licht und taktile Impulse an den
menschlichen Körper zurückgegeben. Durch
die Reizüberflutung verändert sich der Puls-
schlag, und ein neuer Loop beginnt.

Saša Spačal, Mirjan Švagelj, Anil Podgornik
MYCONNECT
Wood, textile, metal, plastic composite material, glass,
vibrational motors, integrated electronics, headphones,
lights, mycelium. 260 x 170 x 150 cm. 2013. Produced
by Kapelica Gallery. Photos: Damjan Švarc/Kapelica
Gallery Archive

Saša Spačal, Matic Potočnik
LIMINOID
Wood, textile, styrofoam, metal, stones, virtual reality
headset, speakers, headphones, computer. 186 x 203
x 60 cm. 2013. Produced by Ljudmila Art and Science
Laboratory. Photos: Helena Božič / Ljudmila Art and
Science Laboratory Photo Archive

**Saša Spačal / based on texts by Saša Spačal
(Myconnect) and Ida Hiršenfelder (Liminoid)**

Myconnect is an interspecies connector that
began as an aspiration to enable human beings
to transcend their boundaries and connect
with other species on a perceptive and physiological level. Entering the installation, one
enters into otherness, another multiplicity,
in effect, into the fungal mycelium.

In the *Myconnect* capsule, the nervous system
of a person is integrated into a human-interfa-
ce-mycelium feedback loop via the heartbeat.
The mycelium's oscillations are produced by
electrical resistance and correspond to the
incoming heartbeat in a temporal offset. The
hybrid sensation of electrical resistance and
pulse is then transferred back to the human
body via sound, light and tactile sensory
impulses. Overwhelming stimuli cause an
alteration of the heartbeat and a new loop
begins.

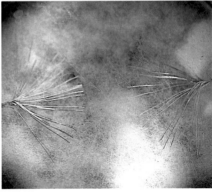

Myconnect als symbiotisches, zwischenartliches Vebindungsstück, stellt die anthropozentrische Trennung von Natur-Mensch-Technologie in Frage. Mit seinem Kreislauf von Signalen und Impulsen, die durch biologische und technologische Organismen produziert und übersetzt werden, ermöglicht *Myconnect* ein immersives Erlebnis gegenseitiger Abhängigkeit. Durch diese Erfahrung kann die Trennung von Natur-Mensch-Technologie als willkürliche Definiton begriffen werden, die bestimmten biopolitischen Partikularinteressen der menschlichen Gesellschaft dient.

Liminoid ist ein Portal zu virtuellen und erweiterten Realitäten, das die Erfahrung der Auflösung von Subjektivität ermöglicht. In der Anthropologie beschreibt der Begriff „limnoid" den Schwellenzustand einer Übergangs-Identität, die Teil von Initiationsriten ist. Das System *Liminoid* besteht aus einer Virtual-Reality-Brille, die die Künstler*innen umgebaut und um eine Web-Cam erweitert haben, um eine hybride Sinneserfahrung und virtuell erweitertes Sehen zu ermöglichen. Es entsteht ein intensives und unangenehmes Gefühl von Unsicherheit, Beklemmung und existentieller Angst.
Mit ihrer Einladung an diesem mentalen Prozess teilzunehmen, erweitern die Künstler*innen den Begriff: „Liminoid" ist in ihrer Installation vor allem der/die Teilnehmer*in, der/die zum Schwellen-Androiden wird, ein flüchtiger Organismus, der zur reinen Form für den Übergang von einer Identität in die nächste wird.

Myconnect as a symbiotic interspecies connector questions the anthropocentric division of nature-human-technology. With its circuit of signals and impulses that are generated and translated by biological and technological organisms, *Myconnect* performs an immersive experience of interdependence. Through this experience the distinction between nature-man-technology can be experienced as an arbitrary definition that serves particular biopolitical interests in human society.

Liminoid is a portal that triggers a transition between virtual and augmented realities, leading to the experience of disintegrating subjectivity. In the context of anthropology, the term liminoid state describes the experience of the liminal stage of a transient selfhood that occurs during rites of passage.
The *Liminoid* system is based on a virtual reality headset primarily designed for immersive gaming. The artists have modified this technology by adding a web-cam to ensure a hybrid experience of virtual and augmented vision. The experience offers an intense and even rather unpleasant sensation of uncertainty, anxiety and existential fear. Liminoid thus represents potentiality, and the participant is in for a surprise. By engaging the participant in this mental process, the artists have given the term an extended meaning. The liminoid in their installation is in fact the participant, who becomes a liminal android, an elusive organism that becomes pure form for the transition from one identity to the other.

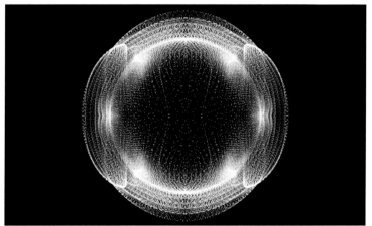

Robertina Šebjanič

Robertina Šebjanič und Špela Petrič
HUMALGA
Towards the Human Spore (Auf dem Weg zur mensch-lichen Spore). 2012-13. Produziert von der Kapelica Gallery. Coproduktion mit Ljudmila. Foto: Julian Abram Togar und Robertina Šebjanič

Robertina Šebjanič and Špela Petrič
HUMALGA
Towards the Human Spore. 2012 – 2013. Produced by Kapelica Gallery. In coproduction with Ljudmila. Photo: Julian Abram Togar and Robertina Šebjanič

Robertina Šebjanič
Aurelia 1+Hz / proto viva sonification. 2015. Programmierung, technische Unterstützung: Slavko Glamočanin, Beratung: Annick Bureaud und Natacha Seignolles (DécaLab), Produktion: DécaLab and Le Cube - Centre de création numérique, Paris, France. Photo: Le Cube

Robertina Šebjanič
Aurelia 1+Hz / proto viva sonification. 2015. Programming, tech support: Slavko Glamočanin, consultancy: Annick Bureaud and Natacha Seignolles (DécaLab). Production: DécaLab and Le Cube - Centre de création numérique, Paris, France. Photo: Le Cube

Robertina Šebjanič
Aurelia 1+Hz / proto viva generator. 2014. Programmierung, technische Unterstützung: Slavko Glamočanin, Postproduktion 2018. Beratung und me-chanische Entwicklung: Scenart, d.o.o., Post-Produktion: La Gaîté lyrique, Le lieu des cultures numériques, Paris. Quallen und Betreuung des biologischen Teils: l'Aquarium tropical du Palais de la Porte Dorée, Paris

Robertina Šebjanič
Aurelia 1+Hz / proto viva generator. 2014. Programming, tech support: Slavko Glamočanin, Postproduction 2018 . Mechanical part development and consultancy: Scenart, d.o.o. , Post-production: La Gaîté lyrique, Le lieu des cultures numériques, Paris Jellyfish & care of biological part: l'Aquarium tropical du Palais de la Porte Dorée, Paris

Ausgehend von verwandten Ansätzen des biokulturellen Austauschs, entwickelten die Medienkünstler*innen Robertina Šebjanič und Špela Petrič eine biotechnologisch de-signte posttechnologische Trans-Spezies aus Mensch und Alge, die *Humalga.*
Ihr spekulatives Projekt *Humalga: Towards the Human Spore* (Humalga, auf dem Weg zur menschlichen Spore, 2013) erforscht ein genetisches Mischwesen aus einem autotro-phen und einem heterotrophen Organismus, mit zwei verschiedenen Morphologien, die durch einen komplexen Lebenszyklus mit-einander verbunden sind (Xenogenesis). Die *Humalga* ist beides, Mensch und Alge, die von Generation zu Generation zwischen

Coming from similar premises of biocultu-ral exchange, new media artists Robertina Šebjanič and Špela Petrič imagine a biotech-nologically engineered posttechnological transspecies of humans and algae, the Humalga. Their speculative project Humalga: *Towards the Human Spore* (2013) explores a genetic hybrid of an autotrophic and a heterotro-phic organism, manifested as two distinct morphologies linked by a complex life cycle (xenogenesis). The Humalga is both human and alga, intermittently alternating generation after generation, two metaboli-cally irreconcilable blueprints connected through a shared code. Its radical position exposes numerous biases and controversies

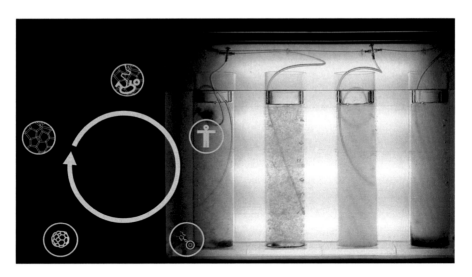

...ON OF CONTEXT AND IMPLICATIONS

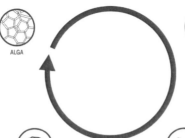

mutation and mutaphobia
identity and interpersonal relationship issues concerning human clones
climate change and the ecology of fear
transhumanism
genetic determinism and emergence

HOMOSPORE

...towards non-human animals/ plants
...sm and the value of species
...logy (biofuel – bioremediation –
...uticals - biomass)

ALGA

macroevolution
gene-culture co-evolutionary theory
imperatives of species' survival depending o...
racism

HUMAN

...ltious adaptability to a changing ecology
...ation and population ethics
...n models of evolution – lateral gene transfer

CYST

the biological and social role of gender and sexuality
bioethics, taboo and context dependent morality
fragmentation of the self
role of the family

ZYGOTE

zwei vom Stoffwechsel her unvereinbaren Bauplänen abwechselt, verbunden durch einen gemeinsamen Code.

Das radikale Projekt berührt zahlreiche wunde Punkte und Kontroversen der Gegenwart. Unter anderem erforscht es den menschlichen Instinkt, als Spezies zu überleben; verortet das Projekt in der gegenwärtigen Situation ökologischer Ängste; berührt die impliziten bioethischen Konflikte und visiert zukünftige Szenarien rund um die *Humalga* an.

Robertina Šebjaničs *Aurelia 1+Hz Projekt* umfasst eine audio-visuelle Performance und einen Maschinen-Teil. *Aurelia 1+Hz Aurelia 1+Hz / proto viva sonification* (2015) erkundet das Phänomen der artenübergreifenden Unterwasser-Kommunikation, Sonifikation und Unterwasser-(Bio-)Akustik. Die Reise in die artenübergreifende Kommunikation dient der Suche nach Parametern für die Wiederherstellung der tiefen Verbundenheit alles Lebendigen und ein Schlüssel zum besseren Verständnis der irdischen Umwelt.

Aurelia 1+Hz / proto viva generator (2014) fragt nach Möglichkeiten der Koexistenz von Menschen, Tieren und Maschinen. Das Projekt verwendet lebende Organismen, um die „Lebendigkeit" eines einfachen Roboter-Mechanismus, um die Unsterblichkeit von Quallen zu reflektieren, die die menschliche Vorstellung vom Jungbrunnen und von der Unsterblichkeit beflügelt hat. Die Installation verbindet zwei getrennte Einheiten – Qualle und Roboter: Was, wenn sie eins werden, zu einem neuen biokybernetischen Organismus verschmelzen könnten – könnte dieser ewig leben?

of the present time. Amongst other issues, it explores the human instinct to survive as a species, assesses the project within the current ecological anxiety, considers implied bioethical issues, and envisions future scenarios involving the *Humalga*.

Robertina Šebjanič's *Aurelia 1+Hz* project is divided in two parts; the audio-visual performance *Aurelia 1+Hz / proto viva sonification* (2015) explores the phenomena of interspecies communication, sonification, and the underwater (bio)acoustics. The odyssey into the exploration of interspecies communication is a way of discovering parameters to restore a deep relationship within all of life and it is a key to better understanding the earth's environment.

The Aurelia 1+Hz / proto viva generator (2014) addresses the possibilities of the coexistence of humans, animals, and machines. The project uses living organisms to process the "aliveness" of a simple robotic machine and the eternity of the jellyfish, which has been fueling human thinking on the mythical search for the fountain of youth and immortality. The installation addresses two distinct entities – jellyfish and robot – separated, but if they merged, creating a new biocybernetic organism - would "it" be able to live forever?

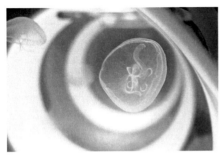

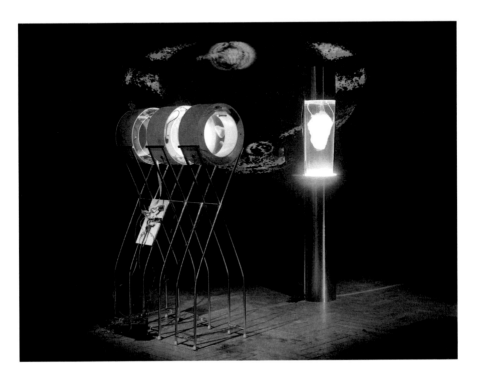

Guy Ben-Ary

In potēntia
Losgelöste menschliche Zellen, diagnostische Aus-rüstung, Stammzellen-Umprogrammierungs-Technik iPS. 2014.

Silent Barrage
(Stilles Sperrfeuer). Immersives architektonisches Arrangement. Stangenroboter, Petrischale mit aktiven Nervenzellen, Teilnehmer*innen. 2009.

In potēntia
Disembodied human material, diagnostic equipment, stem cell reprogramming technique iPS. 2014.

Silent Barrage
Immersive architectural arrangement. Pole robots, culture dish with active neurons. Participants. 2009.

In potēntia ist der Versuch, die Kräfte, die Leben, Tod und Persönlichkeit bestimmen und kontrollieren, künstlerisch zu fassen. In potēntia ist ein spekulatives techno-wissenschaftliches Experiment; es verwendet menschliche Zellen, medizinisches Gerät und iPS, einer Technik zur Programmierung von Stammzellen.

Mit Hilfe von iPS programmierten wir im Internet erstandene Vorhautzellen zu Stammzellen um, die wir dann zu Nerven-zellen umformten. Das Ergebnis ist ein real funktionierendes Netzwerk von Nerven-zellen, ein biologisches Gehirn, gewonnen aus Vorhautzellen. Eingeschlossen in eine eigens angefertigte Inkubator-Skulptur mit einem selbst gebauten Bio-Reaktor und Mi-ni-Elektroden, die elektrische Aktivität aus dem Nerven-Netzwerk auf eine begehbare Sound-Landschaft übertragen.

Weder tot noch völlig lebendig, stellt unser Experiment die westliche Fetischisierung von Bewusstsein in Frage und zeigt, dass „Bewusstsein" keine konkrete, eigenständige Kategorie, sondern ein hoch kontingenter Begriff ist, der weder stabil noch evident ist. Silent Barrage untersucht die Natur des Denkens, den freien Willen, und neuronale

Interested in how art has the potential to problematise the shifting forces that govern and determine life, death and personhood, we developed *in potēntia*: a speculative techno-scientific experiment with disembodied human material, diagnostic equipment and a stem cell reprogramming technique called iPS. Beginning with human foreskin cells purchased on-line, we used iPS to reprogram foreskin cells into stem cells that we then transform into neurons. What results is a real functioning neural network or biological brain created from foreskin cells. Encased within a purpo-se-built sculptural incubator containing a DIY bio-reactor and multi-electrode array that converts electrical activity from the neural network into an unsettling sound-scape, our alchemical transformation of foreskin into a brain ironically challenges the modern belief that consciousness is the measure by which life and personhood is judged.

Not dead, but not fully alive, the result of our use of iPS questions western culture's fetishisation of consciousness and shows that rather than being a concrete/discrete category, who or what is called a person is a highly contingent formation that is neither stable nor self-evident.

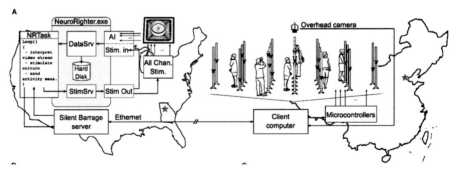

Dysfunktion. Ausgangspunkt sind die un-
kontrollierten Ausbrüche von Aktivität im
Nervensystem, eine typische Erscheinung
bei Epilepsie und künstlich gezüchteten
Nervenzellen. *Silent Barrage* verwendet die
Bewegungen des Publikums im, und seine
Reaktionen auf einen architektonischen Raum
mit akustisch verstärkter neuronaler Aktivität, und speist sie zurück in die künstlich
gezüchteten Nervenzellen, in dem Versuch,
das Gewitter der elektrischen Impulse zu
besänftigen.

Die beteiligten Naturwissenschaftler*innen
erhoffen sich Rückschlüsse darüber, wie sich
unkontrollierte neuronale Aktivität in der
Petri-Schale beruhigen lässt – was seinerseits
dazu beitragen könnte, Epilepsie besser zu
behandeln.

Aus künstlerischer Sicht ist *Silent Barrage*
eine immersive und leicht überwältigende
Verkörperung von Fragen nach dem, was
uns denken lässt. Indem sie den angenom-
menen freien Willen des Publikums, das
sich seine eigenen Wege durch den Raum
sucht, einbezieht, teilt die Arbeit reale und
imaginäre Parallelen zwischen Person und
Nervenzelle her.

Silent Barrage uses audience movements in,
and responses to the architectural space of
amplified neuronal activity to feed it back
to the cultured nerve cells in an attempt to
silence the barrage of electrical impulses.
The scientists hope that this might help them
understand better how to quieten the activity
in the culture dish, and this in turn would
assist in treating epilepsy.

From an artistic perspective, *Silent Barrage*
provides an immersive and somewhat overwhelming sensorial manifestation of questions
that lie at the core of our understanding of
the stuff that makes us think. Relyying on
the presumed free will of the audience, who
chart their own path trough the space, this
work draws real and imaginary parallels
between persons and nerve cells.

Oron Catts / Ionat Zurr

The Tissue Culture & Art Project
(Oron Catts & Ionat Zurr)

Stir Fly: The Nutrient Bug 1.0
(Zappelfliege/Pfannengericht: Das Ernährungsinsekt 1.0) Maßgefertigter Bioreaktor, Insektenzellen, Nährmedium und Blutserum. 2013. In Zusammenarbeit mit Robert Foster.

Vessels of Care and Control: Prototypes of Compostcubator & Hivecubator
(Gefäße der Fürsorge und Kontrolle: Prototypen für Kompostkubator & Bienenstockkubator). Kompost, Bienenstock, Bienen, Acrylglasglocke, Ton, Holz, Glas, Wasser, Gewebebehälter, Pumpen, Plastikschläuche, Thermostat und Wasserspeicher-Kristalle. 2016. In Zusammenarbeit mit Mike Bianco.

Vessels of Care and Control: Compostcubator & Hivecubator (Gefäße der Fürsorge und Kontrolle: Prototypen für Kompostkubator & Bienenstockkubator) erkundet die Möglichkeit der Erhaltung von Lebensformen durch andere Lebensformen. Potenziell untersuchten wir nicht-menschliche lebende Systeme, die als Ersatzkörper für lebende menschliche (oder mehr als menschliche) Fragmente funktionieren können. Wir kritisieren die zeitgenössische Biologie, die sich zunehmend zu einer Wissenschaft der Isolation und Kontrolle entwickelt, besonders auf dem Gebiet, das heute als synthetische Biologie bezeichnet wird. Ein Großteil der Rethorik und Praxen in diesem Feld scheint sich um die Kontrolle lebender Systeme auf molekularer Ebene zu drehen. Unsere künstlerischen Inkubatoren – Überlebensgefäße – unterstrichen die Unmöglichkeit totaler Kontrolle durch Technologie, die Wichtigkeit und Schönheit von Lecks, Verunreinigung, Vielfalt und Fruchtbarkeit als Schlüssel zum Überleben.

The Tissue Culture & Art Project
(Oron Catts & Ionat Zurr)

Stir Fly: The Nutrient Bug 1.0
Custom-made Bioreactor, Insect Cells, Nutrient Media and Blood Serum. 2013. In collaboration with Robert Foster.

Vessels of Care and Control: Prototypes of Compostcubator & Hivecubator
Compost, beehive, bees, acrylic dome, clay, wood, glass, water, tissue flasks, pumps, plastic tubes, thermostat and Water Storage Crystals. 2016. In Collaboration with Mike Bianco.

In *Vessels of Care and Control: Compostcubator & Hivecubator* we explored how life forms are cared for by other life forms. Potentially we were looking at how non-human living systems can become surrogate bodies to human (or more than human) living fragments. We critiqued contemporary biology for increasingly becoming a discipline of isolation and control, particularly in the area now known as synthetic biology. Much of the rhetoric and practice in this field seems to focus on controlling living systems at the molecular level.

Our artistic incubators – life support vessels – highlighted the impossibility of total control through technology and the importance and beauty of leakage, contamination, diversity, and fertilization as keys to survival.

The two incubators are:
Compostcubator - A compost pile decomposing in the centre of a clay/mud structure provided the heat needed for the incubator and the (sometimes human) cells grown in tissue culture flasks.

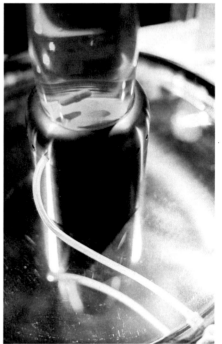
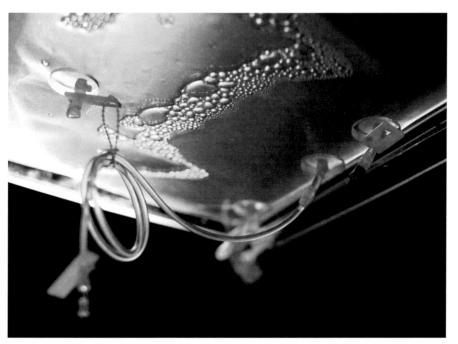

Die beiden Inkubatoren sind: *Compostcubator* (Kompostkubator) – ein Komposthaufen, der sich in der Mitte einer Struktur aus Lehm/Schlamm zersetzt – generierte die Wärme, die der Inkubator und die (manchmal menschlichen) Zellen brauchten, die in Gewebekultur-Kolben heranwuchsen.

Hivecubator (Bienenstockkubator) griff Studien auf, die belegen, dass Bienen im Stock eine gleichmäßige Temperatur aufrecht erhalten und anscheinend auch den CO_2-Gehalt regulieren, was den Bienenstock als Inkubator für die Aufzucht von Zellkulturen geeignet macht. Diese beiden lebenden Systeme, aufgebaut in der Galerie, versorgten losgelöste lebende Fragmente, und entfernten sich damit von Vorstellungen von Kontrolle, Optimierung und Information, hin zu Verwandtschaft, Interdependenz und Multi-Spezies Ökologien. Es stank, es war zeitweise chaotisch, es war lebendig!

Stir Fly (Zappelfliege/Pfannengericht: Das Ernährungsinsekt 1.0) ist ein anfechtbares Haushaltsgerät, das überall zum Einsatz kommen könnte: Der Prototyp eines häuslichen Bioreaktors für die Züchtung von in-vitro Insekten-Suppe. Ein Bioreaktor ist ein Gerät, das ein biologisch aktives Umfeld unterstützt – in diesem Fall ein Gefäß, um aus Fliegen entnommene Zellen zu züchten. Anders als die Zellen von Warmblütern, die eine Temperatur von 37° C benötigen, wachsen Insektenzellen schon bei Raumtemperatur, was den Vorgang effizient und auch im häuslichen Rahmen leicht verfügbar macht.

Die Arbeit führt die Idee von in-vitro Fleisch und der Produktion von tierischem Eiweiß absurd auf die Spitze — und deckt dabei die exzessiven Anforderungen von Zellen an ihre Ernährung auf.

The hivecubator followed studies showing that bees are fastidious at maintaining the beehive at a stable temperature and also seem to regulate CO_2, so the beehive can operate as an incubator in which cells can be grown. These two living systems staged in the gallery had to take care of disassociated living fragments, thereby moving away from notions of control, optimisation, computation and information, to those of kinship, interdependence and multispecies ecologies. It smelled, it was somewhat chaotic, it was unstable, it was alive!

Stir Fly is a contestable domestic appliance that could be used in the kitchen of every home: a prototype of a domestic bioreactor designed to culture and farm in-vitro insect soup. A bioreactor is a device that supports a biologically active environment—in this case, a vessel to grow cells taken from a fly. Unlike warm blooded animals' cells and tissues that need to be kept at 37 degrees Celsius, insect cells grow at room temperature which makes the process effective and readily available to the domestic environment.

This work takes the idea of in vitro meat and animal protein production, and translates it into an absurd conclusion—and in the process unveils the excessive nutritional requirements of cells.

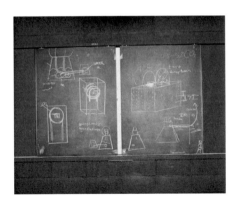

KAPITEL 5

Autonome und obsolete Maschinen, vergangene Maschinenkulturen

Maschinen zu konstruieren, die keinen konkreten Nutzen außerhalb ihrer selbst haben, ordnet ihnen eigene Welten zu. Diese Maschinen sind verstrickt in ihre eigenen, halb befremdlichen und halb vertrauten Dramen (Lewandowsky) oder entziehen sich unserem Verständnis (Park). Sie schaffen Versuchsanordnungen in selbstreferentiellen Systemen, die auch menschliche Kommunikationsformen und Zukunftsutopien erfahrbar machen können (431 art), oder suggerieren Möglichkeiten, die nie eintreten werden (Böröcz): fragile Hoffnungen auf unbestimmte und unbestimmbare Geschehnisse in der Zukunft.

Das, was sinnlich zur Erscheinung kommt, befreit den Betrachter/die Betrachterin nicht, sondern schließt sie in theoretische Möglichkeiten ein (Roach).

Der Verlust und die Unmöglichkeit von einst realen Kontexten zeigt sich am schärfsten in der künstlerischen Auseinandersetzung mit Dingen, die ihren Gebrauchs- und Tauschwert verloren haben und denen (künstliche) Gebrauchsspuren appliziert wurden (Schulze). Sie verweisen zeichenhaft auf Vergangenes, vergangene Nutzung, vergangene Orte und Räume (Schellbach).

Maschinen, die ihre Funktion verloren haben, geben Räume frei, im Spiel zwischen Abwesenheit, Verlorenem und Erinnerung Sinn neu zu entwerfen (Silverberg) – der Verlust und die Verweigerung von Verstehbarkeit geben den Betrachterinnen und Betrachtern Raum für Assoziationen und freie Denkflüsse.

Autonomous and Obsolete Machines, Machine Cultures of the Past

Machines with no apparent use exist in independent worlds of their own. These machines are caught up in dramas half-strange and half-familiar (Lewandowsky), or simply beyond our understanding (Park). As experimental setups in closed systems, they can nevertheless help us understand human forms of communication and utopian ideas (431 art). Or they suggest possibilities that will never be (Böröcz): fragile hopes for undefined and undefinable future events.

But even that which finally becomes perceptible does not set the beholders free; rather, it traps them in a dynamic of theoretical possibilities (Roach).

The loss and the impossibility of what once were real contexts becomes most obvious in the artistic discussion of things that have lost their former use and value and now show (artificial) traces of use (Schulze). They emblematically reference what is past, including past uses, past places, and past spaces (Schellbach).

Machines that have lost their use open up a space for new to make sense in an interplay between what is absent, lost, or remembered (Silverberg); loss and the inhibition of understanding allow beholders to pursue their own associations and free flow of thought.

Lewandowsky | Park | Schellberg | Silverberg | Roach/Critchley | Böröcz | Schulze | 431art

Via Lewandowsky

Don't Cry
ITT Cassette Recorder SL 500, Schrittmotor, 2 Verdampfer, MP3-Player, Steuerung (die Vorführung beginnt alle 5 Minuten). 2015.

Contenance (Relationale Skulptur #6)
Messingrohre mit Miniaturmotoren, Sockel mit Glashaube, Software. 2014.

Alles, was der Fall ist
Straßenlaterne, Bauzelt, Beton, MP3-Player. 2015.

Don't Cry
ITT tape deck SL 500, step motor, 2 evaporators, MP3-player, control system (the performance begins every 5 minutes). 2015.

Contenance (Relationale Skulptur #6)
(Composure. Relational sculpture #6). Brass tubing with miniature motors, pedestal with glass dome, software. 2014.

Alles, was der Fall ist
(Everything that is the case) Street light, tent, concrete, MP3-player. 2015.

Don't Cry führt das Leben eines unauffälligen, vielleicht nostalgischen Objekts – bis auf einmal das Toben von Konzertpublikum im Lautsprecher zu hören ist und sich langsam das Kassettenfach öffnet. Es springt keine Kassette heraus, aber farbig angestrahlter Bühnennebel dringt hervor, und es ertönen die ersten Akkorde von Guns N'Roses „Don't cry". Für einen Moment werden im gequetschten Sound der Tonbandkassette, der für viele der Generation, die mit diesen vor-digitalen Tonträgern aufgewachsen ist, ganze Ketten von Erinnerungen wachgerufen. Doch noch bevor das Lied richtig beginnt, gibt es den Schlussakkord des Schlagzeugs, das Kassettenfach schließt sich wieder, Sound und Lichtshow verstummen. Nach einer kurzen Pause beginnt der Rekorder aufs Neue und veranstaltet sein Miniatur-Spektakel der Fankultur: „Auf dem Höhepunkt ihrer Begeisterung für Guns N'Roses gelang es ihr, die Bühnenshow der Use Your Illusion-Tour im Kassettenfach nachzustellen."
Auch *Alles, was der Fall ist* beinhaltet ein Drama

Don't Cry seems to be an inconspicuous, maybe even a nostalgic object – until suddenly an enthusiastic audience can be heard over the loudspeaker and the tape compartment slowly begins to open. No tape appears, but coloured stage fog wells up and the first chords of Guns N'Roses "Don't cry" ring out. For a moment, the characteristic sound of the cassette tape brings back memories to all who grew up with this pre-digital recording technique. But before the song has properly started, the drums give a final roll, the compartment snaps shut, and the sound- and lightshow stop. After a short break, the tape deck and its miniature fandom spectacle start afresh: "At the height of her Guns N'Roses enthusiasm, she managed to re-enact the Use Your Illusion Tour stage show inside a cassette compartment."
Alles, was der Fall ist (Everything that is the case) similarly captures an entire drama inside a single object: The fallen streetlight, poorly protected by a construction tent as if in a makeshift military hospital for hopeless

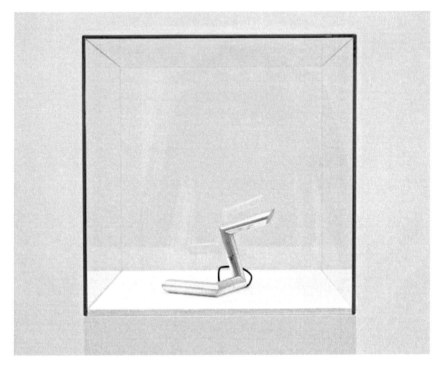

im Objekt: Die gefällte Laterne, notdürftig im Bauzelt untergebracht wie in einem improvisierten Lazarett für hoffnungslose Fälle, ruft Befremden, Grinsen und tiefes Mitgefühl hervor: „Eine Instandsetzungsroutine, die sich als gesicherter Tatort erweist, sobald man in das Bauzelt tritt. Der Unfall, der Aufschlag des Lampenkopfes auf dem Boden, hatte die Wandlung des Scheinwerferglases zur Folge. Es fließt nun aus dem Gehäuse und bildet eine Pfütze. Django Reinhardt plätschert vor sich hin. Der abrupte Funktionsausfall hat der Jahrzehnte während Zeugenschaft an einer einsamen Straßenkreuzung physischen Ausdruck verschafft. Ein eindeutiger Fall paranormaler Aktivität. Wir werden noch lange an diesen Vorfall denken."

Nervös – vielleicht auch durch die sie umgebenden Maschinen-Dramen – verdreht sich *Contenance* (Relationale Skulptur #6) in immer neuen Versuchen, skulpturale Positionen des 20. Jahrhunderts nachzuahmen, und ruft ähnliche Reaktionen bei den Betrachtenden hervor: „Die Vielfalt konstruktivistischer Posen verliert sich in animalischen Verrenkungen."

cases, evokes puzzlement, amusement and deep sympathy: "A maintenance routine turns out to be a secured crime scene as soon as you enter the tent. The incident, the lamp's impact on the ground, led to a transformation of the headlamp's lens. Now it is seeping out of its case, pooling on the ground. Django Reinhardt is tinkling away. The abrupt malfunction has lent physical expression to a decade-long testimony at a lonely crossroads. An unequivocal case of paranormal activity. We will remember this incident for a long time to come."

Nervously – maybe because of the surrounding machine drama – *Contenance* (Composure) keeps contorting itself in endless attempts to imitate sculptural positions of the 20th century, provoking similar reactions in its audience: "The diversity of constructivist poses lost in animalistic contortions."

Ji Hyun Park

ARIES
Installation. Kupfer-Kubus, Roboterarm, Computer, Mikroelektronik, Monitor. 2009.

ARIES
Installation. Copper cube, robotic arm, computer, microelectronics, monitor. 2009.

TENSION
Installation. Aluminiumrahmen, Latex, Saiten, Roboterarm, Computer. 2011.

TENSION
Installation. Aluminium frame, latex, strings, robotic arm, computer. 2011.

„Mit Maschinen ist mein Leben angenehmer," sagte eine alte Frau, die lange einen Lebensmittelladen betrieben und in der Vergangenheit alles Mögliche mit der Hand geschaffen hatte. Bei den Gegenständen, denen ich im Alltag begegne, kann ich mir gut vorstellen, wie viele Prozeduren und Herstellungsprozesse sie durchgemacht haben. Ohne Maschinen ist dies nicht möglich.

Ich mag Maschinen, weil ich mich nicht bei einer Maschine entschuldigen muss, wenn ich ihre Leistung in Anspruch nehme. Obwohl ich mich doch ab und zu mal bei einer Maschine „entschuldige", ist es nicht dasselbe wie zwischen Menschen.

Maschinen sind zum Nutzen der Gesellschaft vorgesehen. Als Künstlerin wollte ich eine Maschine schaffen, die emotionale Zustände ausdrücken kann, oder sich mit einer sich sinnlos wiederholenden Funktion beschäftigt, die dadurch zu einer Skulptur wird. Maschinen, die nicht tüchtig, sondern fragil sind, und wie Menschen Schwächen haben und Fehler machen. Mich motivierte dabei der Buchtitel „Träumen Androiden von elektrischen Schafen?" von Philip K. Dick.

" Machines make my life more comfortable," said an old woman who had run a grocery store over many years and created many things by hand in the past.
Looking at the objects in my everyday life, I can easily imagine how many procedures and production processes they have been through. Without machines, this would be impossible.

I like machines because I do not have to apologize to a machine for claiming its services. Though I actually do "apologize" to a machine every now and then, it is not the same as between persons.

Machines are meant to be of use to society. As an artist, I wanted to create a machine that can express emotional states, or that is forever repeating a senseless function, becoming a sculpture in the process. Machines that are not efficient, but fragile, and that have weaknesses and make errors like humans. I was inspired by Philip K. Dick's book title "Do Androids Dream of Electric Sheep?".

In my work *Aries*, a machine is locked inside a cube. It is invisible and behaves like a

In der Arbeit *Aries* ist eine Maschine in einen Kubus eingeschlossen. Sie ist also unsichtbar und verhält sich wie ein eingesperrtes Tier. Die Maschine repräsentiert somit das Tier und die Kamera seine Augen.

Bei der Arbeit *Tension* geht es um die Spannung, die eine Oberfläche erzeugen kann, die in ein Metallgestell montiert ist, und von einem kleinen und schwachen Roboter wiederholt über dünne Fäden gezogen wird. Dadurch entsteht „Unsinn in Funktion," und der Maschine geht sogar eine gewisse Kontrolle verloren. So kontrolliert die Maschine die Oberfläche oder wird von ihr kontrolliert. Als Künstlerin zeige ich gerne die Schnittstellen zwischen Mensch und Maschine, die im Realraum im Sinne von Funktionen nicht existieren kann oder darf.

trapped animal. The machine represents an animal, and the camera represents its eyes.

My work *Tension* is about the tension produced by a surface that is fixed in a metal frame and repeatedly being dragged across thin threads by a small, weak robot. It creates "Functioning Nonsense" and the machine even loses a certain amount of control. Thus, the machine controls the surface, or is being controlled by it. As an artist, I enjoy showing the interface of human and machine that cannot, or is not allowed to, exist in the real space of functions.

Alexander Schellbach

Rüdersdorf/Blick von Süden
Kohlestift, Kohle, 20 x 30,5 cm. 2016.

Rüdersdorf/Blick von Süden
(Rüdersdorf/ south elevation). Carbon
crayon, carbon. 20 x 30,5 cm. 2016.

Block
Keramik, Stahl. 55 x 35 x 40 cm. 2009.

Block
(Block). Ceramics, steel. 55 x 35 x 40 cm. 2009.

Ersatz
Keramik, Stahl. 42 x 39 x 37 cm. 2010.

Ersatz
(Substitute). Ceramics, steel 42 x 39 x 37 cm. 2010.

Die Werkserie *Blühende Landschaften* (2009-16) beinhaltet Zeichnungen, keramische Plastiken und Schaukästen. Detaillierte Kohlestiftzeichnungen beschreiben einen authentischen architektonischen Rahmen, in den erfundene Maschinen und fiktionale Elemente integriert werden. Damit werden die Bilder von Dokumentationen in Collagen unterschiedlicher Realitäten transformiert. Die Betrachter*innen sind zur Spurensuche eingeladen.

In einer Zeit, in der die Betrachter*innen mit medialen Welten konfrontiert sind, in denen Bilder bearbeitet und verfälscht werden, besteht der Wunsch nach realen Fakten und unverfälschten Berichten. Die Zeichnungen stellen in diesem Kontext eine Simulation des Augenzeugens dar, das den kulturellen Bedürfnissen von Tatsachenbeweisen entspricht. Diesem Bedürfnis gerecht zu werden ist schwierig, da bereits der Blickwinkel, die Vorauswahl des Settings sowie der Kontext der Zeitzeugnisse nicht objektiv sein können. Daraus leitete sich in den vorliegenden Arbeiten die Frage ab, unter welchen formalen und inhaltlichen Gesichtspunkten die Darstellung glaubwürdig sein kann.

My series *Blühende Landschaften* (Blooming Landscapes, 2009-16) consists of drawings, ceramic sculptures, and display cases. Detailed charcoal drawings describe an authentic architectonic framework into which imaginary machines and fictitious elements are placed. Documentary images are transformed into collages of multilayered realities. Viewers are invited to a treasure hunt along the interface of fact and fiction.

Continuously confronted with digital worlds and their artificially altered or even fake images, we hanker for real facts and unbiased reports. My drawings simulate authentic testimony, answering to a cultural need for hard facts. This is a need that is difficult to meet since the choice of perspective, setting, and context can never be objective in the first place. The central question for me in my work is, which criteria have to apply to make a presentation trustworthy in form as well as in context?

The sculptures combine ceramic impressions of found motor fragments with original pieces of machinery, constructing fictitious connections. In the firing process their surfaces change and assume similar textures. The combination of

Die Plastiken verbinden keramische Abdrücke gefundener Motorenfragmente mit originalen Maschinenbauteilen und stellen einen fiktionalen Zusammenhang her. Im Prozess des Brennens nähern sich die unterschiedlichen Materialien optisch einander an. Das Zusammenwirken von keramischer Unschärfe und der Patinierung des Metalls erweckt den Anschein starker Benutzung und verweist auf eine regional längst verschwundene industrielle Massenfertigung. Die Plastiken täuschen vor, tatsächlich gefundene Originalstücke zu sein.

Die fiktionalen Relikte finden sich in verschiedenen Dimensionen in den Arbeiten wieder, und lassen Zeichnungen und Plastiken in einen Dialog treten. Sie sind mehr als nur pittoresk-wehmütige Reminiszenzen an vergangene Industriekultur, sondern auch Allegorie für das Mysterium des Verlustes ehemaliger Werthaltigkeit und Bedeutung.

ceramic shrinking and metallic patina suggest long use and reference industrial mass production, which has long since disappeared from the region. The sculptures pretend to be actual found objects.

These fictitious relics can be found in different dimensions throughout the series, an d bring drawings and sculptures into dialog with each other.
More than just picturesque and melancholy references to a bygone industrial culture, they are also allegories for the mystery of the loss of intrinsic value and significance.

Robbin Ami Silverberg

Continual Conversation with a Silent Man
(Fortgesetzte Unterhaltung mit einem schweigenden Mann). Dobbin Books, NY: Variierende Auflage von 10. 2014.

Continual Conversation with a Silent Man
Dobbin Books, NY: Varying edition of 10. 2014

Player piano scrolls
(Lochstreifen für ein mechanisches Klavier). Alterungsbeständiger Tintenstrahldruck auf transparentem Hanfpapier, handgeschnittene Kerben. Je 29,5 x 112,5. 2013.

Player piano scrolls
Archival inkjet on translucent hemp paper, hand cut notching. e 29,5 x 112,5. 2013.

Science of Memory Scrolls
(Lochstreifen zur Wissenschaft der Erinnerung). Installationsansicht. 2013.

Science of Memory Scrolls
Installation view. 2013.

Memory Palace
(Gedächtnispalast). Detail eines Lochstreifens.

Memory Palace
Detail of scroll.

2013 drehte sich meine künstlerische Arbeit stark um die Memorialtechnik des „Gedächtnispalastes". Da das Kurzzeitgedächtnis Erinnerungen mit Orten verknüpft, lassen sich Informationen verwalten, indem man sie gedanklich mit bestimmten Stellen in einem architektonischen Raum verbindet.

Unter dem Titel Infraordinary entwarf ich eine Serie von Lochstreifen für ein mechanisches Klavier, die sich auf Georg Perecs Kartierungen bezieht. Als imaginäre Bestandteile obsoleter Maschinen erzeugen sie Musik und dokumentieren gleichzeitig meine Welt durch Bild und Klang.

Anstatt tatsächliche Maschinen zu bauen, ließ ich die Streifen von Musiker*innen interpretieren. Ein Satz der Lochstreifen beschäftigt sich mit Erinnerungswissenschaften, den beiden neuralen Systemen, die die Selbst-Ortung im Gehirn regeln, den Ortszellen im Hippocampus und den Gitterzellen im entorhinalen Cortex. In der Folge tauchten die Lochstreifen auch

In 2013 my art practice focused on the Memory Palace, which refers to a memory scheme for storing information in remembered places. Since episodic memory connects memories to locations, one can master information by mentally associating it with specific physical locations in an architectural space.

I designed a series of player piano scrolls that I called Infraordinary, referencing Georg Perec's activity of mapping. These scrolls are imagined parts of obsolete machines, that both make music and record my world through image and sound.

I chose NOT to make the actual machines but asked a musician to interpret them. One set of player piano scrolls looked at the science of memory, the 2 neural systems that encode self-location in the brain, place cells in the hippocampus and grid cells in the para-hippocampal cortex.

Subsequently, the player piano scroll also appeared in several artist books I've made:

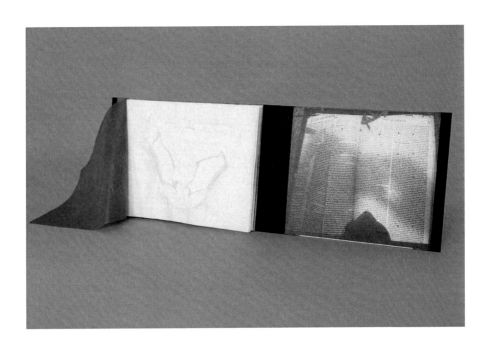

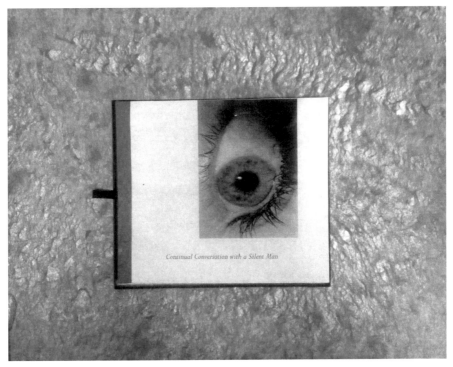

in mehreren meiner Künstlerbücher auf – in In *Continual Conversation with a Silent Man* (2014) zeigt der Einband den Schatten von Händen, die eine Kamera halten und die Perforationen in einem musikalischen Lochstreifen fotografieren. So beginnt ein Buch, das Klang – und nicht das Sehen – als Signifikanten von Wissen behandelt.

Die ersten Seiten sind ohne Text, stattdessen ist Mädchenunterwäsche in das Papier mit den Klavier-Perforationen eingebettet. Aus dem Kontext gerissen, erinnern die Unterhöschen unheilvoll an abwesende kleine Mädchen, so wie die Perforationen an – jetzt – stumme Klänge gemahnen. Sämtliche Papiere in diesem Buch sind aus überfein zerkleinertem Hanf geschöpft, was beim Umblättern für besonders laute und raschelnde Geräusche sorgt. Maschinen wie das mechanische Klavier, obwohl überholt, ermutigen die künstlerische Erforschung von menschlichen Eigenschaften: Während ich mich auf die verlorenen oder fehlenden Klänge und ihre Anwesenheit als Perforationen im Papier konzentriere, kann ich Abwesenheit mit neuem Sinn füllen, während ich versuche, Erinnerungen wach zu rufen.

In Continual Conversation with a Silent Man (2014), the cover image depicts the shadow of hands holding a camera and taking a picture of the notching in a player piano scroll. So begins a book, which presents sound (not sight) as a signifier of knowledge.

The book opens to pages without any text, each with embedded girls' underwear & player piano scroll slots. The panties ominously suggest those little girls now absent, as the slots reference the sound or song now silent. All the papers in this book, were made from overbeaten hemp to maximize their loud rattle, which we hear as we page through. Although obsolete, machines like the player piano afford the artist the opportunity to explore human functions in transformative ways: by focusing on these lost or missing sounds, and their manifestations as notches in paper, I can better make sense out of absence, as I try to remember.

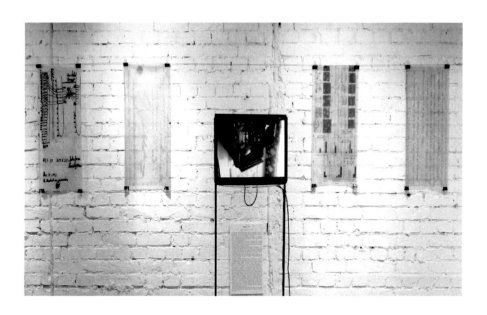

John Roach

John Roach
Transmissions from Beyond
(Sendungen aus dem Jenseits). Buch, Ventilatoren, Stereoanlage, Elektro-Bauteile. 1999. Foto 3: Guy Ambrosini

John Roach
Pageturner
(Fesselnde Lektüre). Buch, Ventilatoren, Stereoanlage, Monitor, Aluminiumkoffer, Elektro-Bauteile. 1997. Foto: Yale University Gallery

John Roach und Emma Critchley
Passage
10-minütige Video-Schleife mit live Unterwasser-Soundlandschaft. 2015.

John Roach
Transmissions from Beyond
Book, fans, sound system, electronic components. 1999. Photo 3: Guy Ambrosini

John Roach
Pageturner
Book, fans, sound system, monitor, aluminium case, electronic components. 1997. Photo: Yale University Gallery

John Roach and Emma Critchley
Passage
10-minute video loop with live underwater soundscape. 2015.

Die mit *Pageturners* (Blättermaschine/fesselnde Lektüre) betitelten Buchobjekte entstanden von 1997 bis 2010 und unterwandern die Funktion des Buches, indem sie es der Kontrolle mechanischer Kräfte anheim geben. Bei beiden Objekten werden die Seiten eines gefundenen Buches durch einen Satz kleiner Ventilatoren durchgeblättert. Ihre wechselnden Luftströme werden von einem mechanischen Timer ausgelöst. Eine Überwachungskamera fängt das Geschehen ein und überträgt die körnige Aufnahme des Buches auf einen Monitor.
Das Videobild der nervös flatternden Seiten ist gleichzeitig zu schnell zum Lesen und antilinear, weil es zwischen Vorwärts- und Rückwärtsbewegung hin- und herspringt, als würde eine Enzyklopädie von verzweifelten Geisterhänden nach Belegen durchsucht. Wenn ein Buch ein Mechanismus ist, der Wissen in menschliche Gehirne transportieren soll, dann sind diese Bücher nicht für uns bestimmt. Stattdessen erinnern sie an

The series of book-works called *Pageturners* created between 1997 and 2010 subverts the function of the book by putting it in the control of mechanical forces. In all of these objects the pages of a found book are flipped by a set of small fans whose alternating breezes are triggered by a mechanical timer. The resulting action is captured on a security camera that transports the grainy image of the book to a remote screen. The video image of spasmodically flapping pages is both too fast to read and also antithetically alternating between forward and backward motion denying the linear progression through the volume. It is as if ghostly hands are frantically cross checking references in an encyclopedia. If a book's purpose is to provide a mechanism to transport knowledge to human brains, then these books do not appear to be made for us at all. Rather the effect is akin to an antiquated precursor of machine learning with some unseen intelligence painstakingly gathering every character, every smudge and

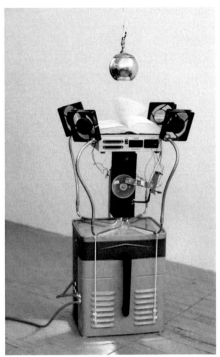
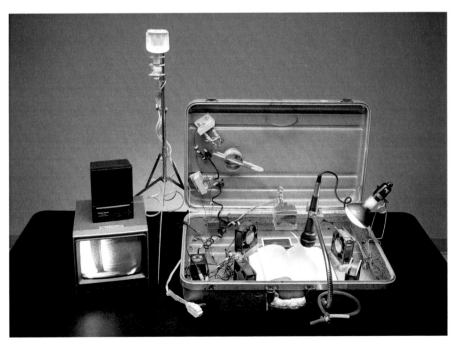

veraltete Vorläufer maschinellen Lernens, bei denen unsichtbare Intelligenzen mühselig jeden Buchstaben, jeden Fleck und jedes Staubkörnchen einsammeln, um ihre Bedeutung zu bestimmen und sie einer Nutzung zuzuführen.

Passage zeigt eine dunkle Unterwasserschlucht, aufgenommen von Emma Critchley. Das Bild, das zuerst statisch scheint, wogt und bewegt sich in der Strömung. Die Betrachter*innen sind Gefangene des Augenblicks, oder vielleicht im Gegenteil, Zeug*innen einer geologischen Zeit, die für uns als Menschen nur theoretisch vorstellbar ist.
Die dazugehörige Soundlandschaft entsteht live: In periodischen Abständen fallen Sedimentgesteine in eine wassergefüllte Glas-Säule – und ein Unterwasser-Mikrophon verstärkt den Klang des langsam aus den Steinen entweichenden Sauerstoffs. *Passage* ist ein post-anthropozänes Re-enactment, und wie die reisenden gemalten Cyclorama-Spektakel des 19. Jahrhunderts, die einem breiten Publikum die Erhabenheiten der Natur vor Augen stellten, ist Passage eine für uns hergestellte Welt, die wir nicht mehr selbst erfahren können.

speck in order to determine its meaning and to put it to use.

Passage depicts a dark underwater chasm captured by Emma Critchley. The image, which at first glance appears static, eddies and undulates with the subaquatic currents that move through the passage. We are locked in a moment of time, or perhaps conversely, witnessing a kind of geological time that we are hopelessly incapable as human beings of experiencing beyond theory. The accompanying soundscape is generated live: a large glass column of water is fed periodically with sedimentary rock - and a hydrophone amplifies the sound of oxygen slowly escaping the stones.
Passage is a post-anthropocenic re-enactment, and like the travelling painted cyclorama spectacles of the nineteenth century that brought the sublimity of nature to a larger public, this is a world fabricated for us that we no longer have the privilege to experience ourselves.

Andras Böröcz

Book Machine
(Buch-Maschine). Holz, Aluminium, Mixed Media.
30 x 25 cm. 2008.

Book Machine
Wood, aluminum mixed media. 30 x 25 cm. 2008.

Chain Reaction
(Kettenreaktion). Holz, Aluminium, Mixed Media.
50 x 32 cm. 2008.

Chain Reaction
Wood, aluminum, mixed media. 50 x 32 cm. 2008.

Shoe Shuffle
(Schlurf-Schuhe). Holz. 25 x 17 cm. 2009.

Shoe Shuffle
Wood, 25 x 17 cm. 2009.

Turning Boots
(Drehstiefel). Holz, Aluminium, Schnur, 14 x 23 cm. 2009.

Turning Boots
Wood, aluminum, string 14 x 23 cm. 2009.

Wagon
(Waggon). Walnussholz, 63 x 30 x106 cm. 2004.

Wagon
Walnut wood, 63 x 30 x106 cm. 2004.

Durch absurdistische Auseinandersetzung mit Alltagsgegenständen erforsche ich Ideen. Dabei verwende ich ausgesuchte Objekte als Charaktere in lebenden Bildern – ob in Performances, Skulpturen, Installationen oder Objekten.

Für eine Ausstellung im Budapester Petöfi-Museum für Literatur habe ich über 20 Buch-Maschinen-Skulpturen angefertigt. Das Buch verwandelt sich dabei in eine zur Schau gestellte Ansammlung losgelöster Objekte, die auf Sprache verweisen, aber das Buch auch als dysfunktionale Maschine umdeuten. Eine Reihe dieser Skulpturen enthält Bücherborde mit unbelebten Gegenständen, deren gesamte Anordnung einen Zweck suggeriert: Sie sind durch einen Faden verbunden, der das ganze System bewegen könnte oder sollte – es aber nicht tut.

Eine zweite Serie sind die noisemakers, Krachmaschinen, die sich auf die Ratsche beziehen, die an Purim zum Einsatz kommt,

In my artwork I am committed to exploring ideas through an absurdist engagement with common objects. I use specific objects as characters in my tableau of art-making, whether in performance, sculpture, installation, or drawing.

One body of work are my book machines: I created over 20 book-shaped sculptures for an exhibition at the Petofi Museum of Literature in Budapest. The book is transformed to a display of disassociated objects that reference language & also re-purposes the book's function into a mal-functioning machine. Several of these sculptures contain shelving that hold inanimate objects that suggest a purpose in their layout and position, connected together by a thread that could or should make the whole system move – but does not.

Another second series of kinetic sculptures are noisemakers. They reference the ratchet used at Purim to blot out the name of the

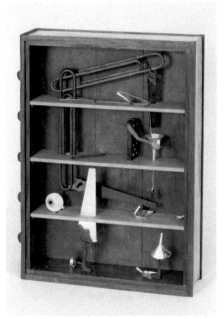

und deren Lärm den Namen des Schurken Haman übertönen soll. Manchmal wird sein Name auf die Schuhsohlen geschrieben, um ihn zu zerstampfen. Ich entwickelte absurde hölzerne Maschinen, die mit stampfenden, aus Holz geschnitzten Schuhen Lärm erzeugen. Dabei konzentrierte ich mich auf ihre „Funktion" als kinetische Objekte, die von den Leuten benutzt, gehalten, angefasst, und aktiviert werden – anders als „Skulpturen im Museum".

Das letzte Werk der Purim-Serie bezieht sich auf den Holocaust. Im *Waggon* stehen die stampfenden Schuhe in einem aus Walnussholz geschnitzten und zusammengesetzten Viehwaggon. Wenn die Tür sich öffnet und den Hebel betätigt, beginnen die Schuhe im Waggon zu stampfen. Die Skulptur wurde 2011 in Budapest zur International Conference on Holocaust Art in der Mucsarnok (Kunsthalle) ausgestellt.

Als Reaktion auf den wachsenden Faschismus in Ungarn entwickelte sich daraus in Zusammenarbeit mit dem Architekten Laszlo Rajk ein Denkmal-Projekt für Budapest; die Entwürfe wurden 2011 ausgestellt, aber nie umgesetzt.

villain, Haman. In some Jewish communities people put Haman's name on the sole of their shoes in order to stamp it out. So I decided to make absurd wood machines, each making noise by stamping carved wooden shoes. I focused on their "function" as kinetic objects that have to be used, held, touched, and activated by people, unlike "sculptures in the museum".

The final piece of my Purim series refers to the Holocaust. In The Wagon, numerous stamping shoes are placed within a cattle car, which I carved and constructed from walnut wood. The idea was that by opening the door and actvating a crank, one could make shoes within the car stamp up & down, signaling time. The Wagon was featured in November 2011 in Budapest at the International Conference on Holocaust Art at the Mucsarnok.

In direct response to the growing fascism in the country, The Wagon quickly morphed into a memorial project for the city of Budapest and I worked together with architect, Laszlo Rajk to make a proposed monument. It was exhibited in Budapest in 2011, but was never realized.

Michael Schulze

Verfolgt von Max E. im Rollstuhl
Manuell/elektrisch kinetisch, verschiedene Materialien.
Aufbau im Atelier Lindowerstrasse, Berlin. 220 cm x
ca. 600 cm. 1980.

Verfolgt von Max E. im Rollstuhl
(Pursued by Max E. in a wheelchair). Manual/electrical kinetic, various materials. Set up in the studio
Lindowerstrasse Berlin. 220 cm x appr. 600 cm. 1980.

Bullcraft
Blei, Aluminium. ca. 50 cm lang. 1990.

Bullcraft
Lead, aluminium. Appr. 50 cm long. 1990.

Kopulation
Diverse Materialien, Elektro-Motor. 220 x 110 x 150
cm. 1987-88.

Kopulation
(Copulation). Various materials, electric motor. 220
x 110 x 150 cm. 1987-88.

Maschinentraum
Elektrokinetisch, Pneu, Kompressor, Schädel, Poly-
ethylen. 300 cm x 200 cm. 1983.

Maschinentraum
(Machine Dream). Inflatable, Compressor, Skull,
Polyethylene, electro kinetic. 300 cm x 200 cm. 1983.

Projekt: Kammerjäger: Elektrisches Insekt
Elektrokinetisch, Alu, Polyurethan, Ca. 130 cm hoch.
1986.

Projekt: Kammerjäger: Elektrisches Insekt
(Project: Exterminator: Electrical Insect). Electrical
kinetic, aluminium, polyurethane. Appr. 130 cm
high. 1986.

Vom Homo faber zum Homo creator

Bedingt durch eine Sozialisation, die sich
in Kinderjahren durch Naturerleben mit
Pflanzen und Tieren auszeichnete, empfand
und erahnte ich in der mechanischen und
technoiden Vegetation einen Konkurrenten
zur Natur.

Der Umgang mit Maschinen war für mich
immer ein ästhetischer und metaphorischer
zugleich. Die Maschine mit ihren einerseits
vielfältigen und präzisen Anwendungseigen-
schaften sowie andererseits ihrer Abhängigkeit
von menschlicher Kontrolle, sind mir auch
heute noch suspekt. Nicht die technische
Machbarkeit ist das Problem, sondern der
menschliche Übermut und die scheinbar
grenzenlosen Möglichkeiten im Anspruch
einer babel'schen Progression.
Die Synthetische Biologie rüttelt heute am

From a Homo faber to a Homo creator

Conditioned by a childhood spent close to
nature, plants and animals, I intuitively su-
spected mechanical and technical vegetation
to be a rival to nature.
Handling machines has always been an
aesthetic and metaphorical process for me.
I still regard their varied and precise uses
on the one hand, and their dependency on
human control on the other hand with some
suspicion. The problem is not the technical
feasibility but the human presumption and
the apparently limitless possibility of striving
towards a Babel-esque condition.
At present, synthetic biology upsets human
self-conceptions. The discipline might make
the transformation from Homo faber to Homo
creator possible.
This is not objectionable in and of itself and
even potentially useful: Artificial bacteria

Selbstverständnis des Menschen. Durch Synthetische Biologie könnte die Wandlung vom Homo faber zum Homo creator gelingen. Das ist an sich nicht verwerflich und sogar nützlich: Künstliche Bakterien könnten Umweltgifte abbauen, Designer-Algen als alternative Energiequelle dienen, etc. Aber was, wenn die erschaffenen Organismen andere Eigenschaften haben als gedacht? Was, wenn sie in die Umwelt gelangen und dort überleben?

Auf diesem ambivalenten Kontext von Natur und Wissenschaft entwickeln sich meine künstlerischen Interventionen als ästhetischer Transfer – nicht als Wissenschaftsillustration, sondern als imaginierte Darstellungen von Morphologien, Metamorphosen oder mimetischen Formationen aus den Abfällen und Materialien der Industriegesellschaft. Als Grenzgänger bewege ich mich im Spannungsfeld von Kunst und Wissenschaft. Geschichtliche, biologische und technische Inhalte finden zu einer Synthese im Kontext von Natur-, Kultur- und Zivilisationshinterfragung.

could degrade environmental poisons; specially designed algae can serve as an alternative energy source, etc. But what if those artificial organisms have other properties than expected? What if they end up in the environment and manage to survive there? This ambivalent context of nature and science provides the background for my artistic interventions as aesthetic transfer – not as an illustration of science, but as imaginary representations of morphologies, metamorphoses, or mimetic formations of the waste and materials produced by an industrialized society.

As a commuter across borders, I move between the poles of art and science. Historical, biological and technical content are synthesized in the context of questioning nature, culture, and civilization.

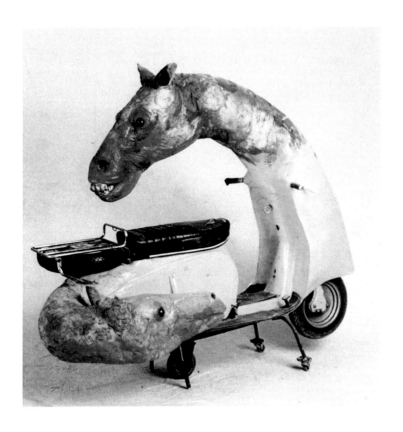

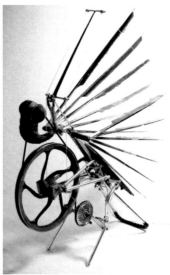

431art

Silent Running
Organische Photovoltaik, Silizium-Solar-Zellen, Roboter, Gießkanne, Plexiglas, MDF. Die Skulptur versorgt ein Akku für ein Mobiltelefon mit Energie. 2012.

Silent Running
Organic photovoltaics, silicon solar cells, robot, watering can, plexiglass, medium-desity fibreboard. The sculpture supplies a mobile phone with energy. 2012.

How to plant a tree
Video 0'56". 2012.

How to plant a tree
Video 0'56". 2012.

Solar Touch
Solar Touch transformiert Solarenergie in Bewegungsenergie. Kugelsolarzellen, Silizium-Solar-Zellen, MDF, Draht, elektronische Komponenten, Sand. Dimensionen variabel. 2012.

Solar Touch
Solar Touch transforms solar energy into motion energy. Spherical solar cells, silicon solar cells, fibreboard, electronical components. Variable dimensions. 2012.

Das Künstlerduo 431art – Haike Rausch und Torsten Grosch – arbeitet seit 1996 an Schnittstellen zwischen Kunst, Wissenschaft und Gesellschaft.
Christian Kaufmann attestiert ihrer Arbeit „eine unbedingte ökologische wie politische Haltung (…) Nachhaltigkeit ist eines der wesentlichsten Themen von 431art; Natur und unser Umgang mit Ressourcen, aber auch die Spannung von Natur und Kultur interessiert das Paar ebenso wie die Themen der modernen Kommunikationsgesellschaft. Nachhaltig sind die Projekte auch, was ihre zeitliche Ausdehnung betrifft. Viele der von den Künstlern initiierten Projekte sind Langzeitprojekte und sie beziehen die Rezipienten aktiv mit ein. Die von dem Künstlerduo 431art geschaffenen Situationen und Bilder erkunden den Raum, für den sie entworfen werden, und bieten zukunftsweisende, d. h. gesellschaftsutopische Lösungen an."

Silent Running ist eine Hommage an den gleichnamigen Science-Fiktion-Film aus dem Jahr 1971 („Lautlos im Weltall") und

Since 1996, 431art – Haike Rausch and Torsten Grosch – has been working on the interface of art, science, and society. According to Christian Kaufmann, their works "allude to a social utopia and are informed by an attitude that is irrefutably ecological and political. (…) Sustainability is one of their main concerns. The two artists are interested not only in nature and our dealings with the resources around us, but with the tension between nature and civilisation and with the problems of today's communication-driven society. The projects are also sustainable in terms of their extended timeframes. Many are long-term and actively involve participants.
The situations and images they create explore the spaces they wwere designed for and offer positive pespectives, which is to say: Utopian solutions for society's problems."

Silent Running pays homage to the science fiction movie of the same title from 1971. It references the movie's final sequence, in which a robot in an ecotope under a glass dome is drifting into outer space. This ecotope

schließt an das Ende des Films an. Zu sehen ist ein Roboter in einem Biotop unter einer Glaskuppel, die in die Weiten des Alls gleitet. Dieses letzte Biotop soll das Überleben pflanzlicher Arten sichern, nachdem auf der Erde die gesamte Natur zerstört wurde. In der Arbeit von 431art gießt ein solarbetriebener Roboter symbolisch ein Feld bestehend aus organischer Fotovoltaik. Die Skulptur liefert bei entsprechender Sonneneinstrahlung Energie für ein mobiles Endgerät. Das Video zeigt eine kurze Sequenz des Originalfilms, in der zwei Roboter trainiert werden, einen Baum zu Pflanzen.

Solar Touch transformiert Solarenergie in Bewegungsenergie. Die aus Siliziumsolarzellen und Drahtgeflecht bestehenden Wesen bewegen sich – je nach Lichteinfall – in unterschiedlichen Rhythmen auf nicht vordefinierten Wegen innerhalb quadratischer Bodenplatten. Eine Libelle mit Flügeln aus Kugelsolarzellen bewegt sich durch ihren poetisch anmutenden Flügelschlag über Sand und hinterlässt dort ihre Spuren. Eine Arbeit zur Interdependenz von Sonnenlicht und grundlegenden natürlichen Zyklen.

is supposed to ensure the survival of plant species after nature on earth has been entirely destroyed.
In the work of 431art, a solar-powered robot symbolically waters a field consisting of organic photovoltaics. With the sun at the right angle, the sculpture supplies energy to a mobile electronic device.
The video includes a short sequence from the original movie, in which two robots are trained to plant a tree.

Solar Touch transforms solar energy into kinetic energy. Constructed from solar silicon cells and wire mesh, the creatures move in varying rhythms on undefined paths within a square grid of floor tiles - influenced by the angle of the sun.
A dragonfly with wings made from spherical solar cells is propelled across the sand by the poetic beating of its wings, which leave traces of their movements. This work demonstrates the interdependence of sunlight and nature's fundamental cycles.

Impressum
legal notice

Herausgeber*innen
editors
Käthe Wenzel, Manfred Blohm

Redaktion
editorial
Käthe Wenzel

Gestaltung und Layout
graphic design and layout
Werner Fütterer

Umschlaggestaltung
cover
Käthe Wenzel, Werner Fütterer
Umschlagbild
cover image
Käthe Wenzel

Übersetzung
translation
Deutsch
German
Käthe Wenzel
(Lin, Dumitriu/May, PSJM, Anker, Levasseur, Sommerer/
Mignonneau, Johnson, Cunéaz, Oggiano, Spačal,
Šebjanič/Petrič, Ben-Ary, Oron/Catts, Silverberg,
Roach/Critchley, Böröcz)

Englisch
English
Käthe Wenzel
(Schmitz, Waldschütz, Wenzel/Glauer, Hertrich,
Bartsch, Grewenig, Lee, Wenzel, Choi, Schoenberg,
Ergenzinger, Hein/Truniger, Meyer-Brandis, Friedrich,
Lewandowsky, Park, Schellbach, Schulze, 431art)

Übersetzung durch die Autor*innen /
translated by the authors
Rapp/de Lutz, Glauer, Glauer/Huber, EXPORT

Endkorrektur
final corrections
Käthe Wenzel, Werner Fütterer, Edith Wenzel

Englischkorrektur
English corrections
Laura Cunniff

Unser Dank geht an alle Künstlerinnen und Künstler, die
Texte und Bilder zur Verfügung gestellt haben.
Wir danken der Europa-Universität Flensburg für ihre Unterstützung.

We thank all artists for generously contributing texts and images,
and European University Flensburg for its support.